D1874957

Oscar Wilde

The Canterville Ghost

Das Gespenst von Canterville

Oscar Wilde

The Canterville Ghost

Das Gespenst von Canterville

NIKOL
VERLAG

© 2009 Nikol Verlagsgesellschaft mbH & Co. KG,
Hamburg

Alle Rechte, auch das der fotomechanischen Wiedergabe
(einschließlich Fotokopie) oder der Speicherung auf
elektronischen Systemen, vorbehalten.
All rights reserved.

Titelabbildung: Bridgeman Art Library, Berlin
Covergestaltung: André Nikol, Hamburg
Layout & Satz: BuchBetrieb Peggy Stelling, Leipzig
Printed in the Czech Republic
ISBN: 978-3-86820-040-9

www.nikol-verlag.de

It is very difficult sometimes to
keep awake, especially at church.

Manchmal ist es sehr schwer, wach
zu bleiben, besonders in der Kirche.

Chapter I

When Mr. Hiram B. Otis, the American Minister, bought Canterville Chase, every one told him he was doing a very foolish thing, as there was no doubt at all that the place was haunted. Indeed, Lord Canterville himself, who was a man of the most punctilious honour, had felt it his duty to mention the fact to Mr. Otis when they came to discuss terms.

»We have not cared to live in the place ourselves,« said Lord Canterville, »since my grand-aunt, the Dowager Duchess of Bolton, was frightened into a fit, from which she never really recovered, by two skeleton hands being placed on her shoulders as she was dressing for dinner, and I feel bound to tell you, Mr. Otis, that the ghost has been seen by several living members of my family, as well as by the rector of the parish, the Rev. Augustus Dampier, who is a Fellow of King's College, Cambridge. After the unfortunate accident to the Duchess, none of our younger servants would stay with us, and Lady Canterville often got very little sleep

Kapitel I

Als Mr. Hiram B. Otis, der amerikanische Gesandte, Canterville Chase kaufte, sagte ihm jeder, das sei sehr töricht gehandelt, weil es keinen Zweifel daran gäbe, daß dort ein Gespenst umgehe. In der Tat hatte es Lord Canterville selbst, ein Mann von geradezu überspitztem Ehrgefühl, als seine Pflicht erachtet, diesen Umstand Mr. Otis gegenüber zu erwähnen, als sie über die Bedingungen verhandelten.

»Wir mochten selber nicht mehr dort wohnen«, sagte Lord Canterville, »seit meine Großtante, die Herzoginwitwe von Bolton, vor Schreck einen Anfall bekam, von dem sie sich nie mehr so recht erholte, weil sich zwei Knochenhände auf ihre Schultern legten, als sie sich zum Dinner ankleidete, und ich fühle mich verpflichtet, Ihnen zu sagen, Mister Otis, daß mehrere lebende Mitglieder meiner Familie das Gespenst gesehen haben sowie auch der Pfarrer der Gemeinde, Ehrwürden Augustus Dampier, graduiertes Mitglied des King's College in Cambridge. Nachdem der Herzogin jener Unglücksfall zugestoßen war, wollte keiner von der jüngeren Dienerschaft bei uns bleiben, und Lady Canterville fand des Nachts häufig nur

at night, in consequence of the mysterious noises that came from the corridor and the library.«

»My Lord,« answered the Minister, »I will take the furniture and the ghost at a valuation. I have come from a modern country, where we have everything that money can buy; and with all our spry young fellows painting the Old World red, and carrying off your best actors and prima-donnas, I reckon that if there were such a thing as a ghost in Europe, we'd have it at home in a very short time in one of our public museums, or on the road as a show.«

»I fear that the ghost exists,« said Lord Canterville, smiling, »though it may have resisted the overtures of your enterprising impresarios. It has been well known for three centuries, since 1584 in fact, and always makes its appearance before the death of any member of our family.«

»Well, so does the family doctor for that matter, Lord Canterville. But there is no such thing, sir, as a ghost, and I guess the laws of nature are not going to be suspended for the British aristocracy.«

»You are certainly very natural in America,« answered Lord Canterville, who did not quite understand Mr. Otis's last observation,

wenig Schlaf wegen der mysteriösen Geräusche, die vom Gang und aus der Bibliothek kamen.«

»Mylord«, erwiderte der Gesandte, »ich übernehme die Einrichtung und das Gespenst zum Taxpreis. Ich komme aus einem modernen Land, wo wir alles haben, was für Geld zu kaufen ist, und angesichts all unserer rührigen jungen Leute, die mit ihrer Unternehmungslust etwas Leben in die Alte Welt bringen und euch eure besten Schauspielerinnen und Primadonnen wegholen, denke ich mir, wenn es so etwas wie ein Gespenst in Europa gibt, dann haben wir es in kürzester Zeit zu Hause in einem unserer öffentlichen Museen oder als Sehenswürdigkeit einer Wanderschau.«

»Ich fürchte, das Gespenst existiert wirklich«, sagte Lord Canterville lächelnd, »wenn es vielleicht auch nicht auf die Angebote Ihrer tüchtigen Impresarien eingegangen ist. Es ist seit drei Jahrhunderten wohlbekannt, genaugenommen seit 1584, und erscheint stets vor dem Tode eines Mitglieds unserer Familie.«

»Nun, was das betrifft, macht es der Hausarzt genauso, Lord Canterville. Aber es gibt nichts Derartiges wie Gespenster, Sir, und die Naturgesetze werden sich der britischen Aristokratie zuliebe vermutlich nicht aufheben lassen.«

»Sie in Amerika sind gewiß sehr natürlich«, antwortete Lord Canterville, der Mr. Otis' letzte Bemerkung nicht ganz verstand, »und wenn es Ihnen

»and if you don't mind a ghost in the house, it is all right. Only you must remember I warned you.«

A few weeks after this, the purchase was concluded, and at the close of the season the Minister and his family went down to Canterville Chase. Mrs. Otis, who, as Miss Lucretia R. Tappan, of West 53d Street, had been a celebrated New York belle, was now a very handsome middle-aged woman, with fine eyes, and a superb profile. Many American ladies on leaving their native land adopt an appearance of chronic ill-health, under the impression that it is a form of European refinement, but Mrs. Otis had never fallen into this error. She had a magnificent constitution, and a really wonderful amount of animal spirits. Indeed, in many respects, she was quite English, and was an excellent example of the fact that we have really everything in common with America nowadays, except, of course, language. Her eldest son, christened Washington by his parents in a moment of patriotism, which he never ceased to regret, was a fair-haired, rather good-looking young man, who had qualified himself for American diplomacy by leading the German at the Newport Casino for three successive seasons, and even

nichts ausmacht, ein Gespenst im Hause zu haben, ist alles in Ordnung. Nur dürfen Sie nicht vergessen, daß ich Sie gewarnt habe.«

Wenige Wochen danach war der Kauf abgeschlossen, und gegen Ende der Saison begab sich der Gesandte mit seiner Familie nach Canterville Chase. Mrs. Otis war als Miss Lucretia R. Tappan, New York West, 53. Straße, eine gefeierte New Yorker Schönheit gewesen und jetzt eine sehr ansehnliche Frau mittleren Alters mit schönen Augen und einem herrlichen Profil. Viele amerikanische Damen geben sich, wenn sie ihr Heimatland verlassen, den Anschein chronischer Unpässlichkeit, weil sie unter dem Eindruck stehen, das gehöre in Europa zur feinen Lebensart; in diesen Irrtum war jedoch Mrs. Otis nie verfallen. Sie besaß eine vortreffliche Konstitution und ein wirklich erstaunliches Maß an Lebensfreude. Unbestritten war sie in vieler Hinsicht durchaus englisch und ein hervorragendes Beispiel für die Tatsache, daß wir heute wahrhaftig alles mit Amerika gemeinsam haben, mit Ausnahme der Sprache natürlich. Ihr ältester Sohn, den die Eltern zu seinem ständigen Kummer in einer Anwandlung von Patriotismus auf den Namen Washington getauft hatten, war ein blonder, recht gutaussehender junger Mann, der sich für die amerikanische Diplomatie befähigt hatte, indem er im Gesellschaftshaus von Newport drei aufeinanderfolgende Sommer lang den Reigen eröffnete und selbst in London als

in London was well known as an excellent dancer. Gardenias and the peerage were his only weaknesses. Otherwise he was extremely sensible. Miss Virginia E. Otis was a little girl of fifteen, lithe and lovely as a fawn, and with a fine freedom in her large blue eyes. She was a wonderful amazon, and had once raced old Lord Bilton on her pony twice round the park, winning by a length and a half, just in front of the Achilles statue, to the huge delight of the young Duke of Cheshire, who proposed to her on the spot, and was sent back to Eton that very night by his guardians, in floods of tears. After Virginia came the twins, who were usually called »The Star and Stripes,« as they were always getting swished. They were delightful boys, and with the exception of the worthy Minister the only true republicans of the family.

As Canterville Chase is seven miles from Ascot, the nearest railway station, Mr. Otis had telegraphed for a waggonette to meet them, and they started on their drive in high spirits. It was a lovely July evening, and the air was delicate with the scent of the pinewoods. Now and then they heard a wood pigeon brooding over its own sweet voice, or saw, deep in the rustling fern, the

vorzüglicher Tänzer bekannt war. Gardenien und der Adelsstand waren seine einzigen Schwächen. Im übrigen war er ungemein vernünftig. Miss Virginia E. Otis war ein kleines Mädchen von fünfzehn Jahren, biegsam und liebreizend wie ein Rehkälbchen und mit einem schönen Freimut in den großen blauen Augen. Sie war eine bewundernswerte Amazone und hatte eines Tages auf ihrem Pony ein Wettreiten mit dem alten Lord Bilton veranstaltet, das zweimal rund um den Park führte und das sie genau vor der Achillesstatue mit anderthalb Längen gewann – zur ungeheuren Begeisterung des jungen Herzogs von Cheshire, der ihr auf der Stelle einen Heiratsantrag machte und noch am selben Abend, in Tränen schwimmend, von seinen Vormündern nach Eton zurückgeschickt wurde. Nach Virginia kamen die Zwillinge, gemeinhin »das Sternenbanner« genannt, da sie ständig verbleut wurden und rote Striemen hatten. Sie waren reizende Buben und, abgesehen von dem ehrenwerten Gesandten, die einzigen wahren Republikaner in der Familie.

Da Canterville Chase sieben Meilen von Ascot, der nächsten Eisenbahnstation, entfernt liegt, hatte Mr. Otis nach einem Break telegrafiert, sie abzuholen, und frohgelaunt traten sie die Fahrt an. Es war ein wunderschöner Juliabend und die Luft erfüllt von dem köstlichen Wohlgeruch der Fichtenwälder. Hin und wieder hörten sie eine Ringeltaube, die über ihre eigene liebliche Stimme nachsann, oder

burnished breast of the pheasant. Little squirrels peered at them from the beech-trees as they went by, and the rabbits scudded away through the brushwood and over the mossy knolls, with their white tails in the air. As they entered the avenue of Canterville Chase, however, the sky became suddenly overcast with clouds, a curious stillness seemed to hold the atmosphere, a great flight of rooks passed silently over their heads, and, before they reached the house, some big drops of rain had fallen.

Standing on the steps to receive them was an old woman, neatly dressed in black silk, with a white cap and apron. This was Mrs. Umney, the housekeeper, whom Mrs. Otis, at Lady Canterville's earnest request, had consented to keep in her former position. She made them each a low curtsey as they alighted, and said in a quaint, old-fashioned manner, »I bid you welcome to Canterville Chase.« Following her, they passed through the fine Tudor hall into the library, a long, low room, panelled in black oak, at the end of which was a large stained glass window. Here they found tea laid out for them, and, after taking off their wraps, they sat down and began to look round, while Mrs. Umney waited on them.

sahen tief in dem raschelnden Farnkraut die braunglänzende Brust des Fasans. Kleine Eichhörnchen guckten von den Rotbuchen auf die Vorbeifahrenden, und die Kaninchen flohen, die weiße Blume in die Luft gereckt, durch das Dickicht und über die moosigen Hügel. Doch als der Wagen in die Allee von Canterville Chase einbog, wurde der Himmel plötzlich von Wolken verdunkelt, und eine seltsame Lautlosigkeit schien die Luft stillstehen zu lassen; ein großer Schwarm Krähen glitt unhörbar über die Köpfe hinweg, und ehe sie das Haus erreichten, waren schon ein paar dicke Regentropfen gefallen.

Auf der Freitreppe stand zu ihrem Empfang bereit eine alte Frau, adrett in schwarze Seide gekleidet, mit weißer Haube und Schürze. Das war Mrs. Umney, die Haushälterin; Mrs. Otis hatte auf Lady Cantervilles inständige Bitte hin eingewilligt, sie in ihrer bisherigen Stellung zu behalten. Sie machte, als sie ausstiegen, vor jedem einen tiefen Knicks und sagte auf eine wunderliche, altmodische Art: »Ich heiße Sie willkomm auf Canterville Chase.« Sie folgten ihr durch die schöne Tudorhalle in die Bibliothek, einen langen, niedrigen Raum mit einer Täfelung aus dunkler Eiche, an deren Ende sich ein großes Fenster aus buntem Glas befand. Hier fanden sie den Tee serviert, und nachdem sie sich ihrer Hüllen entledigt hatten, setzten sie sich und begannen Umschau zu halten, während Mrs. Umney sie bediente.

Suddenly Mrs. Otis caught sight of a dull red stain on the floor just by the fireplace, and, quite unconscious of what it really signified, said to Mrs. Umney, »I am afraid something has been spilt there.«

»Yes, madam,« replied the old housekeeper in a low voice, »blood has been spilt on that spot.«

»How horrid!« cried Mrs. Otis; »I don't at all care for blood-stains in a sitting-room. It must be removed at once.«

The old woman smiled, and answered in the same low, mysterious voice, »It is the blood of Lady Eleanore de Canterville, who was murdered on that very spot by her own husband, Sir Simon de Canterville, in 1575. Sir Simon survived her nine years, and disappeared suddenly under very mysterious circumstances. His body has never been discovered, but his guilty spirit still haunts the Chase. The blood-stain has been much admired by tourists and others, and cannot be removed.«

»That is all nonsense,« cried Washington Otis; »Pinkerton's Champion Stain Remover and Paragon Detergent will clean it up in no time,« and before the terrified housekeeper could interfere, he had fallen upon his knees, and was rapidly scouring the

Plötzlich gewahrte Mrs. Otis genau neben dem Kamin einen dunkelroten Fleck auf dem Fußboden, und ohne zu ahnen, was er in Wahrheit zu bedeuten hatte, sagte sie zu Mrs. Umney: »Ich fürchte, da ist etwas vergossen worden.«

»Ja, Madam«, erwiderte die alte Haushälterin mit leiser Stimme, »Blut ist an der Stelle vergossen worden.«

»Wie gräßlich!«, rief Mrs. Otis aus, »Blutflecke in einem Wohnraum mag ich ganz und gar nicht! Er muß sofort entfernt werden.«

Die alte Frau lächelte und antwortete mit derselben leisen, geheimnisvollen Stimme: »Es ist das Blut Lady Eleanores von Canterville, die 1575 genau an der Stelle von ihrem eigenen Gatten, Sir Simon von Canterville, ermordet wurde. Sir Simon überlebte sie um neun Jahre und verschwand plötzlich unter höchst rätselhaften Umständen. Sein Leichnam wurde nie gefunden, aber sein schuldbeladener Geist geht immer noch im Schlosse um. Der Blutfleck wurde von Touristen und anderen sehr bewundert und kann nicht entfernt werden.«

»Das ist lauter Unsinn«, rief Washington Otis, »Pinkertons Qualitäts-Fleckenentferner und -Intensivreiniger wird ihn im Handumdrehen beseitigen,« und ehe die entsetzte Haushälterin einschreiten konnte, hatte er sich auf die Knie niedergelassen und rieb den Fußboden mit einem kleinen Stift ab, der wie schwarze Schminke aussah. Wenige

floor with a small stick of what looked like a black cosmetic. In a few moments no trace of the blood-stain could be seen.

»I knew Pinkerton would do it,« he exclaimed triumphantly, as he looked round at his admiring family; but no sooner had he said these words than a terrible flash of lightning lit up the sombre room, a fearful peal of thunder made them all start to their feet, and Mrs. Umney fainted.

»What a monstrous climate!« said the American Minister calmly, as he lit a long cheroot. »I guess the old country is so over-populated that they have not enough decent weather for everybody. I have always been of opinion that emigration is the only thing for England.«

»My dear Hiram,« cried Mrs. Otis, »what can we do with a woman who faints?«

»Charge it to her like breakages,« answered the Minister; »she won't faint after that;« and in a few moments Mrs. Umney certainly came to. There was no doubt, however, that she was extremely upset, and she sternly warned Mr. Otis to beware of some trouble coming to the house.

»I have seen things with my own eyes, sir,« she said, »that would make any Christian's hair stand on end, and many and many

Augenblicke später war von dem Blutfleck keine Spur mehr zu sehen.

»Ich wußte, daß Pinkerton es schaffen würde!« rief er triumphierend und sah sich nach seiner staunenden Familie um; doch kaum hatte er diese Worte ausgesprochen, als ein gewaltiger Blitz den düsteren Raum erhellte und ein schrecklicher Donnerschlag alle von ihren Stühlen hob; Mrs. Umney fiel in Ohnmacht.

»Was für ein scheußliches Klima!« bemerkte gelassen der amerikanische Gesandte und zündete sich eine lange Manilazigarre an. »Vermutlich ist das alte England so übervölkert, daß sie nicht genügend anständiges Wetter für alle haben. Ich bin stets der Ansicht gewesen, daß Auswanderung für England das einzig Vernünftige ist.«

»Mein lieber Hiram«, rief Mrs. Otis, »was sollen wir mit einer Frau anfangen, die in Ohnmacht fällt?«

»Rechne es ihr wie zerschlagenes Geschirr an«, erwiderte der Gesandte, »dann wird sie nicht mehr in Ohnmacht fallen«, und tatsächlich kam Mrs. Umney wenige Augenblicke später zu sich. Dennoch stand außer Zweifel, daß sie im höchsten Grade beunruhigt war, und sie warnte Mr. Otis mit ernster Stimme, er möge auf der Hut sein, daß kein Kummer über das Haus käme.

»Ich habe mit eigenen Augen Dinge gesehen, Sir«, sagte sie, »daß sich jedem Christenmenschen die Haare sträuben würden, und viele, viele Nächte

a night I have not closed my eyes in sleep for the awful things that are done here.«

Mr. Otis, however, and his wife warmly assured the honest soul that they were not afraid of ghosts, and, after invoking the blessings of Providence on her new master and mistress, and making arrangements for an increase of salary, the old housekeeper tottered off to her own room.

habe ich kein Auge zugetan wegen der furchtbaren Dinge, die hier geschehen.«

Mr. Otis und seine Frau versicherten der ehrlichen Seele jedoch energisch, daß sie sich nicht vor Gespenstern fürchteten, und nachdem die alte Haushälterin den Segen der Vorsehung auf ihre neue Herrschaft herabgefleht und eine Lohnerhöhung mit ihr vereinbart hatte, wankte sie davon in ihr eigenes Zimmer.

Chapter II

The storm raged fiercely all that night, but nothing of particular note occurred. The next morning, however, when they came down to breakfast, they found the terrible stain of blood once again on the floor. »I don't think it can be the fault of the Paragon Detergent,« said Washington, »for I have tried it with everything. It must be the ghost.« He accordingly rubbed out the stain a second time, but the second morning it appeared again. The third morning also it was there, though the library had been locked up at night by Mr. Otis himself, and the key carried upstairs. The whole family were now quite interested; Mr. Otis began to suspect that he had been too dogmatic in his denial of the existence of ghosts, Mrs. Otis expressed her intention of joining the Psychical Society, and Washington prepared a long letter to Messrs. Myers and Podmore on the subject of the Permanence of Sanguineous Stains when connected with crime. That night all doubts about the objective existence of phantasmata were removed for ever.

Kapitel II

Das Unwetter tobte und wütete die ganze Nacht, aber sonst ereignete sich nichts von besonderer Bedeutung. Doch als sie am nächsten Morgen zum Frühstück herunterkamen, fanden sie den entsetzlichen Blutfleck abermals auf dem Fußboden. »Ich glaube nicht, daß es an dem Intensivreiniger liegen kann«, sagte Washington, »denn den habe ich an allem möglichen ausprobiert. Es muß das Gespenst sein.« Also beseitigte er den Fleck ein zweites Mal, aber am Morgen darauf war er wieder zum Vorschein gekommen. Auch am dritten Morgen war er da, obgleich Mr. Otis abends eigenhändig die Bibliothek abgeschlossen und den Schlüssel mit hinaufgenommen hatte. Die gesamte Familie war jetzt höchst interessiert; Mr. Otis kam der Verdacht, es sei allzu starrsinnig von ihm gewesen, die Existenz von Gespenstern zu leugnen; Mrs. Otis gab ihre Absicht kund, dem Spiritistenverein beizutreten, und Washington verfaßte einen langen Brief an die Firma Myers und Podmore über die Hartnäckigkeit von Blutflecken in Verbindung mit Verbrechen. In dieser Nacht wurden alle Zweifel an der nachweisbaren Existenz von Geistererscheinungen für immer abgetan.

The day had been warm and sunny; and, in the cool of the evening, the whole family went out to drive. They did not return home till nine o'clock, when they had a light supper. The conversation in no way turned upon ghosts, so there were not even those primary conditions of receptive expectations which so often precede the presentation of psychical phenomena. The subjects discussed, as I have since learned from Mr. Otis, were merely such as form the ordinary conversation of cultured Americans of the better class, such as the immense superiority of Miss Fanny Devonport over Sarah Bernhardt as an actress; the difficulty of obtaining green corn, buckwheat cakes, and hominy, even in the best English houses; the importance of Boston in the development of the world-soul; the advantages of the baggagecheck system in railway travelling; and the sweetness of the New York accent as compared to the London drawl. No mention at all was made of the supernatural, nor was Sir Simon de Canterville alluded to in any way. At eleven o'clock the family retired, and by half-past all the lights were out. Some time after, Mr. Otis was awakened by a curious noise in the corridor, outside his room. It sounded like the clank of metal, and seemed to be

Der Tag war warm und sonnig gewesen, und in der Abendkühle verließ die ganze Familie das Haus zu einer Spazierfahrt. Erst gegen neun Uhr kamen sie heim und aßen eine leichte Abendmahlzeit. Die Unterhaltung drehte sich keineswegs um Gespenster, deshalb waren nicht einmal jene Grundvoraussetzungen für die aufnahmebereite Erwartung geschaffen, die so häufig der Wahrnehmung übersinnlicher Erscheinungen vorangeht. Die Gesprächtsthemen, so erfuhr ich später von Mr. Otis, waren nur solcherart, wie sie unter gebildeten Amerikanern der höheren Klasse üblich sind: wie ungeheuer Miss Fanny Davenport Sarah Bernhardt als Schauspielerin überlegen sei; die Schwierigkeit, selbst in den besten englischen Häusern junge Maiskolben, Buchweizenfladen und Maisbrei zu bekommen; die Bedeutung Bostons für die Entwicklung der Weltseele; die Vorteile des Gepäckscheinsystems für Reisen mit der Eisenbahn und der angenehme Wohllaut der New Yorker Aussprache im Vergleich zu dem Londoner Silbenkauen. Mit keinem Wort wurde das Übernatürliche erwähnt oder auf Sir Simon von Canterville angespielt. Um elf Uhr zog sich die Familie zurück, und um halb zwölf war überall das Licht aus. Eine Weile später wurde Mr. Otis durch ein merkwürdiges Geräusch auf dem Gang vor seinem Zimmer geweckt. Es klang wie Klirren von Metall und schien mit jedem Augenblick näher zu

coming nearer every moment. He got up at once, struck a match, and looked at the time. It was exactly one o'clock. He was quite calm, and felt his pulse, which was not at all feverish. The strange noise still continued, and with it he heard distinctly the sound of footsteps. He put on his slippers, took a small oblong phial out of his dressing-case, and opened the door. Right in front of him he saw, in the wan moonlight, an old man of terrible aspect. His eyes were as red as burning coals; long grey hair fell over his shoulders in matted coils; his garments, which were of antique cut, were soiled and ragged, and from his wrists and ankles hung heavy manacles and rusty gyves.

»My dear sir,« said Mr. Otis, »I really must insist on your oiling those chains, and have brought you for that purpose a small bottle of the Tammany Rising Sun Lubricator. It is said to be completely efficacious upon one application, and there are several testimonials to that effect on the wrapper from some of our most eminent native divines. I shall leave it here for you by the bedroom candles, and will be happy to supply you with more, should you require it.« With these words the United States Minister laid the bottle down on a marble table, and, closing his door, retired to rest.

kommen. Er stand sofort auf, zündete ein Streichholz an und sah nach, wie spät es sei. Es war Punkt ein Uhr. Er war ganz ruhig und fühlte sich den Puls, der durchaus nicht fieberhaft ging. Das sonderbare Geräusch hielt an, und gleichzeitig hörte er deutlich den Laut von Schritten. Er schlüpfte in seine Pantoffeln, nahm aus seinem Reisenecessaire ein längliches Fläschchen und öffnete die Tür. Genau vor sich erblickte er im bleichen Mondlicht einen abscheulich aussehenden alten Mann. Seine Augen waren rot wie glühende Kohlen, langes, graues Haar fiel ihm in wirren Strähnen über die Schultern, seine Kleidung, von altertümlichem Schnitt, war beschmutzt und zerrissen, und von seinen Handgelenken und Fußknöcheln hingen schwere, rostige Fesseln.

»Verehrter Herr«, sagte Mr. Otis, »ich muß wirklich darauf dringen, daß Sie diese Ketten ölen, und habe Ihnen zu diesem Zweck ein Fläschchen Tammany-Sonnenaufgang-Öl mitgebracht. Es soll bereits bei einmaliger Anwendung volle Wirkung erzielen, und auf der Hülle befinden sich mehrere diesbezügliche Gutachten von einigen Geistlichen, die zu den bedeutendsten unseres Landes gehören. Ich lege es Ihnen hier neben die Leuchter und werde Sie bei Bedarf gern mit weiteren versorgen.« Mit diesen Worten legte der Gesandte der Vereinigten Staaten das Fläschchen auf einen Marmortisch, schloß seine Tür und legte sich wieder ins Bett.

For a moment the Canterville ghost stood quite motionless in natural indignation; then, dashing the bottle violently upon the polished floor, he fled down the corridor, uttering hollow groans, and emitting a ghastly green light. Just, however, as he reached the top of the great oak staircase, a door was flung open, two little white-robed figures appeared, and a large pillow whizzed past his head! There was evidently no time to be lost, so, hastily adopting the Fourth Dimension of Space as a means of escape, he vanished through the wainscoting, and the house became quite quiet.

On reaching a small secret chamber in the left wing, he leaned up against a moonbeam to recover his breath, and began to try and realize his position. Never, in a brilliant and uninterrupted career of three hundred years, had he been so grossly insulted. He thought of the Dowager Duchess, whom he had frightened into a fit as she stood before the glass in her lace and diamonds; of the four housemaids, who had gone into hysterics when he merely grinned at them through the curtains of one of the spare bedrooms; of the rector of the parish, whose candle he had blown out as he was coming late one night from the library, and who had been under

Einen Augenblick stand das Gespenst von Canterville völlig reglos vor aufrichtiger Empörung; dann schmetterte es die Flasche heftig auf den polierten Boden und floh den Gang hinunter, wobei es hohle Seufzer ausstieß und ein geisterhaft grünes Licht verströmte. Doch just als es den obersten Absatz der großen Eichentreppe erreichte, flog eine Tür auf, zwei kleine Gestalten in weißen Nachthemden erschienen, und ein großes Kissen pfiff an seinem Kopf vorbei. Es war offensichtlich keine Zeit zu verlieren, und indem es sich schleunigst der vierten Dimension als Fluchtweg bediente, verschwand es durch die Wandtäfelung, und im Hause wurde es still.

Als das Gespenst ein kleines Geheimgemach im linken Flügel erreicht hatte, lehnte es sich an einen Mondstrahl, um Atem zu holen, und versuchte sich über seine Lage klarzuwerden. Niemals in seiner glänzenden und ununterbrochenen Laufbahn durch drei Jahrhunderte war es so grob beleidigt worden. Es dachte an die Herzoginwitwe, die vor Schreck einen Anfall bekommen hatte, als sie in ihren Spitzen und Diamanten vor dem Spiegel stand; an die vier Hausmädchen, die in hysterische Schreikrämpfe verfallen waren, obwohl es sie doch nur durch die Bettvorhänge eines der Fremdenzimmer angegrinst hatte; an den Pfarrer der Gemeinde, dem es die Kerze ausblies, als er eines Abends spät aus der Bibliothek kam, und der

the care of Sir William Gull ever since, a perfect martyr to nervous disorders; and of old Madame de Tremouillac, who, having wakened up one morning early and seen a skeleton seated in an armchair by the fire reading her diary, had been confined to her bed for six weeks with an attack of brain fever, and, on her recovery, had become reconciled to the Church, and broken off her connection with that notorious sceptic, Monsieur de Voltaire. He remembered the terrible night when the wicked Lord Canterville was found choking in his dressing-room, with the knave of diamonds half-way down his throat, and confessed, just before he died, that he had cheated Charles James Fox out of £50,000 at Crockford's by means of that very card, and swore that the ghost had made him swallow it. All his great achievements came back to him again, from the butler who had shot himself in the pantry because he had seen a green hand tapping at the window pane, to the beautiful Lady Stutfield, who was always obliged to wear a black velvet band round her throat to hide the mark of five fingers burnt upon her white skin, and who drowned herself at last in the carp-pond at the end of the King's Walk. With the enthusiastic egotism of the true artist,

seitdem bei Sir William Gull in Dauerbehandlung war, ein wahrer Märtyrer zerrütteter Nerven, und an die alte Madame de Tremouillac, die eines frühen Morgens erwacht war und ein Skelett erblickt hatte, das in einem Lehnstuhl am Kamin saß und ihr Tagebuch las; worauf sie mit Gehirnentzündung sechs Wochen das Bett hüten mußte, sich nach ihrer Genesung mit der Kirche aussöhnte und ihre Beziehung zu jenem berüchtigten Skeptiker Monsieur de Voltaire abbrach. Es erinnerte sich an die schreckliche Nacht, als der versuchte Lord Canterville dem Ersticken nahe in seinem Ankleidezimmer gefunden wurde, den Karobuben ihm halb im Halse steckend, und angesichts seines Todes gestand, durch eben diese Karte Charles James Fox im Crockford-Club um fünfzigtausend Pfund geprellt zu haben, und schwur, er sei von dem Gespenst gezwungen worden, die Karte zu verschlingen. All seine großen Heldentaten kamen ihm wieder in den Sinn, angefangen von dem Butler, der sich in der Speisekammer erschoß, weil er eine grüne Hand an die Fensterscheibe hatte pochen sehen, bis zu der schönen Lady Stutfield, die notgedrungen stets ein schwarzes Samtband um den Hals tragen mußte, um die Male von fünf Fingern zu verbergen, die in ihre weiße Haut eingebrannt waren, und die sich schließlich in dem Karpfenteich am Ende der Königsallee ertränkte. Mit der schwärmerischen Selbstüberhebung des wahren

he went over his most celebrated performances, and smiled bitterly to himself as he recalled to mind his last appearance as »Red Reuben, or the Strangled Babe,« his *début* as »Gaunt Gibeon, the Blood-sucker of Bexley Moor,« and the *furore* he had excited one lovely June evening by merely playing ninepins with his own bones upon the lawn-tennis ground. And after all this, some wretched modern Americans were to come and offer him the Rising Sun Lubricator, and throw pillows at his head! It was quite unbearable. Besides, no ghost in history had ever been treated in this manner. Accordingly, he determined to have vengeance, and remained till daylight in an attitude of deep thought.

Künstlers ging das Gespenst seine berühmtesten Darstellungen durch, und mit bitterem Lächeln gedachte es seines letzten Auftretens als »Roter Ruben oder Der erwürgte Säugling«, seines Debüts als »Hagerer Gibeon, der Blutsauger vom Bexley-Moor« und des begeisterten Beifalls, den es an einem lieblichen Juniabend erntete, als es auf einem Tennisplatz bloß mit seinen eigenen Knochen kegelte. Und nach all dem sollten ein paar nichtswürdige moderne Amerikaner daherkommen und ihm Sonnenaufgang-Öl anbieten und ihm Kissen an den Kopf werfen! Es war einfach unerträglich. Außerdem war nie in der Geschichte ein Gespenst derartig behandelt worden. Folglich beschloß es, sich zu rächen, und blieb bis zum Tagesanbruch in einer Haltung tiefen Sinnens.

Chapter III

The next morning, when the Otis family met at breakfast, they discussed the ghost at some length. The United States Minister was naturally a little annoyed to find that his present had not been accepted. »I have no wish,« he said, »to do the ghost any personal injury, and I must say that, considering the length of time he has been in the house, I don't think it is at all polite to throw pillows at him,« – a very just remark, at which, I am sorry to say, the twins burst into shouts of laughter. »Upon the other hand,« he continued, »if he really declines to use the Rising Sun Lubricator, we shall have to take his chains from him. It would be quite impossible to sleep, with such a noise going on outside the bedrooms.«

For the rest of the week, however, they were undisturbed, the only thing that excited any attention being the continual renewal of the blood-stain on the library floor. This certainly was very strange, as the door was always locked at night by Mr. Otis, and

Kapitel III

Als sich die Familie Otis am nächsten Morgen beim Frühstück zusammenfand, wurde recht ausführlich über das Gespenst gesprochen. Der Gesandte der Vereinigten Staaten war natürlich ein wenig verärgert, als er feststellte, daß seine Gabe verschmäht worden war. »Ich hege nicht das Verlangen, dem Gespenst eine persönliche Kränkung zuzufügen«, bemerkte er, »und ich muß sagen, daß ich es in Anbetracht seines langen Aufenthalts im Hause für keineswegs höflich halte, Kissen nach ihm zu werfen« – eine sehr zutreffende Bemerkung, über die jedoch die Zwillinge, wie ich leider zugeben muß, in jubelndes Gelächter ausbrachen. »Andererseits«, fuhr er fort, »wenn es sich wirklich weigert, das Sonnenaufgang-Öl zu benutzen, werden wir ihm wohl seine Ketten abnehmen müssen. Bei einem solchen Lärm vor den Schlafzimmern dürfte es unmöglich sein, zur Ruhe zu kommen.«

Den Rest der Woche blieben sie jedoch ungestört; das einzige, was ihre Aufmerksamkeit erregte, war die ständige Erneuerung des Blutflecks auf dem Fußboden der Bibliothek. Das war höchst verwunderlich, weil Mr. Otis jeden Abend die Tür abschloß und die Fenster fest verriegelt hielt.

the windows kept closely barred. The chameleon-like colour, also, of the stain excited a good deal of comment. Some mornings it was a dull (almost Indian) red, then it would be vermilion, then a rich purple, and once when they came down for family prayers, according to the simple rites of the Free American Reformed Episcopalian Church, they found it a bright emerald-green. These kaleidoscopic changes naturally amused the party very much, and bets on the subject were freely made every evening. The only person who did not enter into the joke was little Virginia, who, for some unexplained reason, was always a good deal distressed at the sight of the blood-stain, and very nearly cried the morning it was emerald-green.

The second appearance of the ghost was on Sunday night. Shortly after they had gone to bed they were suddenly alarmed by a fearful crash in the hall. Rushing downstairs, they found that a large suit of old armour had become detached from its stand, and had fallen on the stone floor, while seated in a high-backed chair was the Canterville ghost, rubbing his knees with an expression of acute agony on his face. The twins, having brought their peashooters with them, at once discharged two pellets on him, with that

Auch gab die chamäleonartige Färbung des Flecks Anlaß zu vielen Deutungen. An manchen Morgen war er dunkel (fast indischrot), dann wieder scharlachfarben oder von einem kräftigen Purpur, und einmal, als sie sich zum häuslichen Gebet nach den schlichten Bräuchen der amerikanischen Freien Reformierten Episkopalkirche versammelten, fanden sie ihn in leuchtendem Smaragdgrün. Dieser kaleidoskopartige Wechsel bereitete der Familie natürlich viel Vergnügen, und jeden Abend wurden zwanglos Wetten darüber abgeschlossen. Die einzige, die sich an dem Spaß nicht beteiligte, war die kleine Virginia, die der Anblick des Blutflecks aus irgendeinem unbekannten Grund stets betrübte und die an jenem Morgen, als er smaragdgrün war, fast geweint hätte.

Das zweite Mal erschien das Gespenst in der Sonntagnacht. Kurz nachdem alle zu Bett gegangen waren, wurden sie plötzlich durch einen fürchterlichen Krach in der Halle aufgeschreckt. Sie eilten hinunter und entdeckten, daß eine vollständige alte Rüstung von ihrem Gestell auf den Steinfußboden gefallen war, während das Gespenst von Canterville in einem hochlehnigen Armstuhl saß und sich mit einem Ausdruck heftiger Seelenpein die Knie rieb. Die Zwillinge, die ihre Blasrohre mitgebracht hatten, schossen sogleich zwei Kügelchen auf das Gespenst ab, und zwar mit einer Zielsicherheit, die man nur durch lange

accuracy of aim which can only be attained by long and careful practice on a writing-master, while the United States Minister covered him with his revolver, and called upon him, in accordance with Californian etiquette, to hold up his hands! The ghost started up with a wild shriek of rage, and swept through them like a mist, extinguishing Washington Otis's candle as he passed, and so leaving them all in total darkness. On reaching the top of the staircase he recovered himself, and determined to give his celebrated peal of demoniac laughter. This he had on more than one occasion found extremely useful. It was said to have turned Lord Raker's wig grey in a single night, and had certainly made three of Lady Canterville's French governesses give warning before their month was up. He accordingly laughed his most horrible laugh, till the old vaulted roof rang and rang again, but hardly had the fearful echo died away when a door opened, and Mrs. Otis came out in a light blue dressing-gown. »I am afraid you are far from well,« she said, »and have brought you a bottle of Doctor Dobell's tincture. If it is indigestion, you will find it a most excellent remedy.« The ghost glared at her in fury, and began at once to make preparations

und sorgfältige Übung an einem Schreiblehrer erwerben kann, und der Gesandte der Vereinigten Staaten richtete seinen Revolver auf das Gespenst und forderte es nach guter kalifornischer Sitte auf, die Hände hochzuheben! Mit einem wilden Schrei der Wut sprang das Gespenst auf und fegte wie ein Nebel durch ihre Mitte, wobei es im Vorüberstreichen Washington Otis' Kerze auslöschte und sie in völliger Dunkelheit zurückließ. Als es den obersten Treppenabsatz erreicht hatte, fing es sich wieder und beschloß, in sein berühmtes dämonisches Gelächter auszubrechen. Das hatte es bei mehr als einer Gelegenheit als ungemein nützlich erkannt. Es hieß, Lord Rakers Perücke sei deswegen in einer einzigen Nacht ergraut, und ganz gewiß hatte es drei von Lady Cantervilles französischen Gouvernanten veranlaßt, fristlos zu kündigen. Also lachte es sein gräßlichstes Lachen, bis es von dem alten Deckengewölbe ein übers andere Mal widerhallte; doch kaum war das grausige Echo erstorben, da tat sich eine Tür auf, und Mrs. Otis trat in einem lichtblauen Morgenrock heraus. »Ich fürchte, Ihnen ist nicht recht wohl«, sagte sie, »deshalb bringe ich Ihnen eine Flasche Dr. Dobells Tropfen. Falls Sie an schlechter Verdauung leiden, werden Sie darin ein ganz vorzügliches Heilmittel finden.« Das Gespenst glotzte sie wütend an und machte sogleich Anstalten, sich in einen großen schwarzen Hund zu verwandeln,

for turning himself into a large black dog, an accomplishment for which he was justly renowned, and to which the family doctor always attributed the permanent idiocy of Lord Canterville's uncle, the Hon. Thomas Horton. The sound of approaching footsteps, however, made him hesitate in his fell purpose, so he contented himself with becoming faintly phosphorescent, and vanished with a deep churchyard groan, just as the twins had come up to him.

On reaching his room he entirely broke down, and became a prey to the most violent agitation. The vulgarity of the twins, and the gross materialism of Mrs. Otis, were naturally extremely annoying, but what really distressed him most was that he had been unable to wear the suit of mail. He had hoped that even modern Americans would be thrilled by the sight of a Spectre in armour, if for no more sensible reason, at least out of respect for their natural poet Longfellow, over whose graceful and attractive poetry he himself had whiled away many a weary hour when the Canterville were up in town. Besides it was his own suit. He had worn it with great success at the Kenilworth tournament, and had been highly complimented on it by no less a person than

ein Kunststück, für das es mit Recht berühmt war und dem der Hausarzt die permanente Idiotie des ehrenwerten Thomas Horton, Lord Cantervilles Onkel, zuschrieb. Das Geräusch näher kommender Schritte machte es jedoch unschlüssig in seinem grausamen Vorhaben; deshalb begnügte es sich damit, schwach zu phosphoreszieren, und verschwand mit einem tiefen Kirchhofsseufzer gerade in dem Augenblick, als die Zwillinge bei ihm angelangt waren.

In seiner Kammer brach es dann völlig zusammen, ein Opfer der heftigsten Gemütsbewegung. Das pöbelhafte Benehmen der Zwillinge und der unfeine Materialismus dieser Mrs. Otis waren natürlich im höchsten Grade ärgerlich; am meisten brachte es jedoch wirklich zur Verzweiflung, daß es nicht imstande gewesen war, die Rüstung zu tragen. Es hatte gehofft, sogar moderne Amerikaner würden beim Anblick eines »Geistes im Harnisch« schaudern, wenn schon aus keinem vernünftigeren Grund, so doch wenigstens aus Achtung vor ihrem Nationaldichter Longfellow, über dessen anmutiger und reizvoller Poesie es selbst manch leidige Stunde verbracht hatte, wenn die Cantervilles in London waren. Noch dazu war es seine eigene Rüstung! Es hatte sie mit großem Erfolg bei dem Turnier von Kenilworth getragen und war deswegen von niemand Geringerem als der jungfräulichen Königin mit schmeichelhaften

the Virgin Queen herself. Yet when he had put it on, he had been completely overpowered by the weight of the huge breastplate and steel casque, and had fallen heavily on the stone pavement, barking both his knees severely, and bruising the knuckles of his right hand.

For some days after this he was extremely ill, and hardly stirred out of his room at all, except to keep the blood-stain in proper repair. However, by taking great care of himself, he recovered, and resolved to make a third attempt to frighten the United States Minister and his family. He selected Friday, August 17th, for his appearance, and spent most of that day in looking over his wardrobe, ultimately deciding in favour of a large slouched hat with a red feather, a winding-sheet frilled at the wrists and neck, and a rusty dagger. Towards evening a violent storm of rain came on, and the wind was so high that all the windows and doors in the old house shook and rattled. In fact, it was just such weather as he loved. His plan of action was this. He was to make his way quietly to Washington Otis's room, gibber at him from the foot of the bed, and stab himself three times in the throat to the sound of low music. He bore Washington a special

Komplimenten bedacht worden. Als es sie jedoch vorhin hatte anlegen wollen, war es von dem Gewicht des mächtigen Brustharnischs und der stählernen Sturmhaube völlig niedergedrückt worden und schwer auf den Steinboden gestürzt, wobei es sich heftig die Knie aufgeschlagen und die Knöchel zerschunden hatte.

Noch mehrere Tage danach fühlte sich das Gespenst schwerkrank und rührte sich kaum aus seinem Gemach, außer um den Blutfleck in geziemendem Zustand zu erhalten. Da es sich jedoch sehr in acht nahm, erholte es sich wieder und beschloß, ein drittes Mal zu versuchen, ob es dem Gesandten der Vereinigten Staaten und seiner Familie nicht einen Schrecken einjagen könne. Es wählte für sein Erscheinen Freitag, den 17. August, und verbrachte den größten Teil dieses Tages damit, seine Garderobe zu prüfen, bis es sich schließlich für einen gewaltigen Schlapphut mit roter Feder, ein Leichenhemd mit Falbeln an Hals und Handgelenken und einen rostigen Dolch entschied. Gegen Abend ging ein heftiger Platzregen nieder, und der Wind blies so stark, daß alle Fenster und Türen in dem alten Haus rüttelten und klapperten. Das war allerdings genau das Wetter, das es liebte. Sein Gefechtsplan war folgender: Es wollte lautlos in Washington Otis' Zimmer schleichen, ihm vom Fußende des Bettes kauderwelsches Zeug zuschnattern und sich zum Klang einer getragenen Musik dreimal den Dolch

grudge, being quite aware that it was he who was in the habit of removing the famous Canterville blood-stain by means of Pinkerton's Paragon Detergent. Having reduced the reckless and foolhardy youth to a condition of abject terror, he was then to proceed to the room occupied by the United States Minister and his wife, and there to place a clammy hand on Mrs. Otis's forehead, while he hissed into her trembling husband's ear the awful secrets of the charnel-house. With regard to little Virginia, he had not quite made up his mind. She had never insulted him in any way, and was pretty and gentle. A few hollow groans from the wardrobe, he thought, would be more than sufficient, or, if that failed to wake her, he might grabble at the counterpane with palsy-twitching fingers. As for the twins, he was quite determined to teach them a lesson. The first thing to be done was, of course, to sit upon their chests, so as to produce the stifling sensation of nightmare. Then, as their beds were quite close to each other, to stand between them in the form of a green, icy-cold corpse, till they became paralyzed with fear, and finally, to throw off the winding-sheet, and crawl round the room, with white, bleached bones and one rolling eyeball,

in die Kehle stoßen. Gegen Washington hegte es besonderen Groll, da ihm völlig klar war, daß dieser den berühmten Blutfleck von Canterville durch Pinktertons Intensivreiniger zu entfernen pflegte. Wenn es den rücksichtslosen und dummdreisten Jüngling in einen Zustand elendiglichen Grausens versetzt hatte, wollte es weitergehen zu dem Zimmer, das der Gesandte der Vereinigten Staaten und seine Frau bewohnten, und dort eine feuchtkalte Hand auf Mrs. Otis' Stirn legen, während es ihrem zitternden Gatten die gräßlichsten Geheimnisse des Beinhauses ins Ohr zischte. Hinsichtlich der kleinen Virginia war es noch zu keinem Entschluß gekommen. Es war von ihr nie auf irgendeine Weise beleidigt worden, und sie war hübsch und freundlich. Ein paar hohle Seufzer aus dem Kleiderschrank hielt es für mehr als ausreichend, und wenn sie das nicht weckte, könnte es vielleicht mit krampfhaft zuckenden Fingern an ihrer Bettdecke krabbeln. Was die Zwillinge betraf, so war es fest entschlossen, ihnen eine Lehre zu erteilen. Zunächst mußte es sich ihnen natürlich auf die Brust setzen, um das erstickende Gefühl eines Alpdrucks hervorzurufen. Dann wollte es sich, da ihre Betten dicht nebeneinander standen, in der Gestalt eines grünen, eiskalten Leichnams zwischen ihnen aufpflanzen, bis sie vor Furcht gelähmt waren, und schließlich das Sterbehemd abwerfen und mit weißgebleichten Knochen und einem rollenden Augapfel als

in the character of »Dumb Daniel, or the Suicide's Skeleton,« a *rôle* in which he had on more than one occasion produced a great effect, and which he considered quite equal to his famous part of »Martin the Maniac, or the Masked Mystery.«

At half-past ten he heard the family going to bed. For some time he was disturbed by wild shrieks of laughter from the twins, who, with the light-hearted gaiety of schoolboys, were evidently amusing themselves before they retired to rest, but at a quarter-past eleven all was still, and, as midnight sounded, he sallied forth. The owl beat against the window panes, the raven croaked from the old yew-tree, and the wind wandered moaning round the house like a lost soul; but the Otis family slept unconscious of their doom, and high above the rain and storm he could hear the steady snoring of the Minister for the United States. He stepped stealthily out of the wainscoting, with an evil smile on his cruel, wrinkled mouth, and the moon hid her face in a cloud as he stole past the great oriel window, where his own arms and those of his murdered wife were blazoned in azure and gold. On and on he glided, like an evil shadow, the very darkness seeming to loathe him as he passed.

»Stummer Daniel oder Das Skelett des Selbstmörders« im Zimmer herumkriechen, eine Rolle, in der es bei mehr als einer Gelegenheit eine große Wirkung erzielt hatte und die seiner Meinung nach jener berühmten als »Martin der Wahnsinnige oder Das maskierte Geheimnis« völlig gleichkam.

Um halb elf hörte es die Familie zu Bett gehen. Eine Zeitlang wurde es noch durch das ungestüme Gelächter der Zwillinge gestört, die sich mit der sorglosen Heiterkeit von Schulbuben augenscheinlich noch vergnügten, ehe sie sich zur Ruhe legten; aber um Viertel zwölf war alles still, und als es Mitternacht tönte, machte sich das Gespenst auf den Weg. Die Eule schlug an die Fensterscheiben, der Rabe krächzte aus der alten Eibe, und der Wind fuhr klagend wie eine verlorene Seele um das Haus; doch die Familie Otis schlief und ahnte nichts von ihrem Schicksal, und lauter als Regen und Sturm konnte das Gespenst das regelmäßige Schnarchen des Gesandten der Vereinigten Staaten vernehmen. Verstohlen trat es aus der Wandtäfelung, ein böses Lächeln um den grausamen, verrunzelten Mund, und der Mond verbarg sein Gesicht in einer Wolke, als es sich an dem großen Erker vorbeischlich, wo sein Wappen und das seines ermordeten Weibes in Azur und Gold gemalt waren. Weiter und weiter glitt es wie ein verruchter Schatten, selbst die Dunkelheit schien vor ihm zurückzubeben. Einmal glaubte es Rufen zu hören und blieb stehen,

Once he thought he heard something call, and stopped; but it was only the baying of a dog from the Red Farm, and he went on, muttering strange sixteenth-century curses, and ever and anon brandishing the rusty dagger in the midnight air. Finally he reached the corner of the passage that led to luckless Washington's room. For a moment he paused there, the wind blowing his long grey locks about his head, and twisting into grotesque and fantastic folds the nameless horror of the dead man's shroud. Then the clock struck the quarter, and he felt the time was come. He chuckled to himself, and turned the corner; but no sooner had he done so, than, with a piteous wail of terror, he fell back, and hid his blanched face in his long, bony hands. Right in front of him was standing a horrible spectre, motionless as a carven image, and monstrous as a madman's dream! Its head was bald and burnished; its face round, and fat, and white; and hideous laughter seemed to have writhed its features into an eternal grin. From the eyes streamed rays of scarlet light, the mouth was a wide well of fire, and a hideous garment, like to his own, swathed with its silent snows the Titan form. On its breast was a placard with strange writing in antique characters, some

aber es war nur das Gebell eines Hundes vom Roten Pachtgut, und es ging weiter, wobei es seltsame Flüche aus dem sechzehnten Jahrhundert brabbelte und hin und wieder mit dem rostigen Dolch durch die mitternächtliche Luft fuchtelte. Endlich erreichte es die Ecke des Korridors, der zu dem Zimmer des unseligen Washington führte. Hier hielt es einen Augenblick inne, während ihm der Wind die langen grauen Locken um den Kopf wehte und den unsäglichen Greuel des Totenhemds in groteske und phantastische Falten wand. Dann schlug die Uhr ein Viertel, und es fühlte, daß seine Zeit gekommen war. Es kicherte vor sich hin und ging um die Ecke; doch kaum hatte es das getan, da fuhr es mit einem jammervollen Klagelaut zurück und verbarg das gebleichte Gesicht in den langen Knochenhänden. Genau vor ihm stand ein gräßliches Gespenst, reglos wie eine gemeißelte Bildsäule und mißgestaltet wie der Traum eines Wahnsinnigen! Sein Kopf war kahl und blank poliert, sein Gesicht rund und feist und weiß, und ein abscheuliches Lachen schien seine Züge zu ewigem Grinsen verzerrt zu haben. Aus den Augen schossen Strahlen scharlachroten Lichts, der Mund war ein weit offenes Feuerloch, und ein widerwärtiges Gewand, seinem eigenen gleich, umhüllte mit seinen lautlosen Schneemassen die Titanengestalt. Auf der Brust trug es ein Plakat mit sonderbarer Schrift in altertümlichen Lettern, ein Verzeichnis der Schande,

scroll of shame it seemed, some record of wild sins, some awful calendar of crime, and, with its right hand, it bore aloft a falchion of gleaming steel.

Never having seen a ghost before, he naturally was terribly frightened, and, after a second hasty glance at the awful phantom, he fled back to his room, tripping up in his long winding-sheet as he sped down the corridor, and finally dropping the rusty dagger into the Minister's jack-boots, where it was found in the morning by the butler. Once in the privacy of his own apartment, he flung himself down on a small pallet-bed, and hid his face under the clothes. After a time, however, the brave old Canterville spirit asserted itself, and he determined to go and speak to the other ghost as soon as it was daylight. Accordingly, just as the dawn was touching the hills with silver, he returned towards the spot where he had first laid eyes on the grisly phantom, feeling that, after all, two ghosts were better than one, and that, by the aid of his new friend, he might safely grapple with the twins. On reaching the spot, however, a terrible sight met his gaze. Something had evidently happened to the spectre, for the light had entirely faded from its hollow eyes, the gleaming falchion

wie es schien, ein Bericht über schauervolle Sünden, eine furchtbare Liste von Verbrechen, und in der Rechten hielt es hocherhoben ein Schwert von schimmerndem Stahl.

Da das Gespenst nie zuvor ein Gespenst gesehen hatte, bekam es natürlich einen fürchterlichen Schreck, und nachdem es einen zweiten hastigen Blick auf die grausige Erscheinung geworfen hatte, floh es zurück in sein Zimmer, wobei es, als es den Gang hinuntereilte, ständig über sein langes Leichenhemd stolperte und schließlich den rostigen Dolch in die Stiefel des Gesandten fallen ließ, wo er morgens von dem Butler gefunden wurde. Endlich wieder in der Abgeschiedenheit seines Gemachs, warf es sich auf ein schmales Feldbett und verbarg das Gesicht unter den Decken. Doch eine Weile später siegte der wackere alte Cantervillegeist, und das Gespenst beschloß, sobald der Tag anbrach, hinzugehen und mit dem anderen Gespenst zu reden. Folglich kehrte es, als eben der Dämmerschein die Hügel mit Silber überhauchte, zu der Stelle zurück, wo sein Blick auf das greuliche Phantom gefallen war, weil es trotz allem das Gefühl hatte, zwei Gespenster wären besser als eines, und mit Hilfe seines neuen Freundes werde es unbeschadet mit den Zwillingen fertig werden. Doch als es die Stelle erreichte, bot sich ihm ein entsetzlicher Anblick. Offensichtlich war dem Gespenst etwas zugestoßen, denn aus seinen hohlen Augen war das Licht geschwunden,

had fallen from its hand, and it was leaning up against the wall in a strained and uncomfortable attitude. He rushed forward and seized it in his arms, when, to his horror, the head slipped off and rolled on the floor, the body assumed a recumbent posture, and he found himself clasping a white dimity bed-curtain, with a sweeping-brush, a kitchen cleaver, and a hollow turnip lying at his feet! Unable to understand this curious transformation, he clutched the placard with feverish haste, and there, in the grey morning light, he read these fearful words:

YE OTIS GHOSTE,
Ye Onlie True and Originale Spook.
Beware of Ye Imitationes.
All others are Counterfeite.

The whole thing flashed across him. He had been tricked, foiled, and out-witted! The old Canterville look came into his eyes; he ground his toothless gums together; and, raising his withered hands high above his head, swore according to the picturesque phraseology of the antique school, that, when Chanticleer had sounded twice his merry horn, deeds of blood would be wrought, and Murder walk abroad with silent feet.

das schimmernde Schwert war ihm aus der Hand gefallen, und es lehnte in einer gezwungenen und unbequemen Haltung an der Wand. Das Gespenst von Canterville stürzte vor und umschlang das andere, worauf zu seinem Entsetzen der Kopf abfiel und zu Boden rollte, der Rumpf einsackte, und das Gespenst von Canterville entdeckte, daß es einen Bettvorhang aus weißem Baumwollstoff im Arm hielt und zu seinen Füßen ein Besen, ein Hackmesser und eine ausgehöhlte Rübe lagen! Unfähig, diese merkwürdige Verwandlung zu begreifen, riß es in fieberhafter Hast das Plakat an sich und las darauf im grauen Morgenlicht die furchtbaren Worte:

Wir, das Gespenst der Otis,
Wir, der einzig echte Originalspuk.
Vor Nachahmungen wird gewarnt.
Alle anderen sind gefälscht.

Blitzartig wurde ihm die ganze Sache klar. Es war hinters Licht geführt, geprellt und übertölpelt worden! Der alte Canterville-Blick kam in seine Augen, es knirschte mit den zahnlosen Gaumen, und während es seine verdorrten Hände hoch über den Kopf hob, schwor es in der bildhaften Ausdrucksweise der alten Schule, wenn der Hahn zum zweiten Mal in sein munteres Horn gestoßen habe, würden blutige Taten geschehen, und auf leisen Sohlen werde der Mord umgehen.

Hardly had he finished this awful oath when, from the red-tiled roof of a distant homestead, a cock crew. He laughed a long, low, bitter laugh, and waited. Hour after hour he waited, but the cock, for some strange reason, did not crow again. Finally, at half-past seven, the arrival of the housemaids made him give up his fearful vigil, and he stalked back to his room, thinking of his vain oath and baffled purpose. There he consulted several books of ancient chivalry, of which he was exceedingly fond, and found that, on every occasion on which this oath had been used, Chanticleer had always crowed a second time. »Perdition seize the naughty fowl,« he muttered, »I have seen the day when, with my stout spear, I would have run him through the gorge, and made him crow for me an 'twere in death!« He then retired to a comfortable lead coffin, and stayed there till evening.

Kaum hatte es diesen grässlichen Schwur beendet, da krähte auch schon ein Hahn von dem roten Ziegeldach eines entfernten Gehöfts. Das Gespenst lachte ein langes und tiefes, bitteres Lachen und wartete. Stunde um Stunde wartete es, aber aus irgendeinem merkwürdigen Grunde krähte der Hahn kein zweites Mal. Schließlich, um halb acht, sah es sich durch das Nahen der Hausmädchen veranlaßt, seine grausige Wache aufzugeben, und schlich in sein Gemach zurück, wobei seine Gedanken um die trügerische Hoffnung und das vereitelte Vorhaben kreisten. Es zog mehrere Bücher über das alte Rittertum zu Rate, die es über alles liebte, und stellte fest, daß noch bei jeder Gelegenheit, da sein Schwur getan worden war, der Hahn ein zweites Mal gekräht hatte. »Verderben komme über den nichtsnutzigen Vogel«, murmelte es, »ich habe den Tag erlebt, da ich ihm meinen wackeren Speer durch die Kehle gebohrt hätte, auf daß er für mich krähte, sei's auch im Tode!« Darauf legte es sich in einem komfortablen Bleisarg zur Ruhe und blieb dort bis zum Abend.

Chapter IV

The next day the ghost was very weak and tired. The terrible excitement of the last four weeks was beginning to have its effect. His nerves were completely shattered, and he started at the slightest noise. For five days he kept his room, and at last made up his mind to give up the point of the blood-stain on the library floor. If the Otis family did not want it, they clearly did not deserve it. They were evidently people on a low, material plane of existence, and quite incapable of appreciating the symbolic value of sensuous phenomena. The question of phantasmic apparitions, and the development of astral bodies, was of course quite a different matter, and really not under his control. It was his solemn duty to appear in the corridor once a week, and to gibber from the large oriel window on the first and third Wednesday in every month, and he did not see how he could honourably escape from his obligations. It is quite true that his life had been very evil, but, upon the other hand, he was most conscientious in

Kapitel IV

Am folgenden Tag war das Gespenst sehr schwach und müde. Die schrecklichen Aufregungen der letzten vier Wochen begannen ihre Wirkung zu zeigen. Seine Nerven waren völlig zerrüttet, und bei dem leisesten Geräusch fuhr es vor Schreck zusammen. Fünf Tage blieb es in seinem Gemach und entschloß sich am Ende, die Sache mit dem Blutfleck auf dem Fußboden der Bibliothek aufzugeben. Wenn die Familie Otis ihn nicht wünschte, verdiente sie ihn einfach nicht. Offenbar waren sie Leute einer niederen, materiellen Lebenssphäre und völlig außerstande, den Symbolwert sensualistischer Phänomene zu würdigen. Die Frage der Geistererscheinungen und das Entstehen von Astralleibern war natürlich eine ganz andere Sache und lag wahrhaftig nicht in seiner Macht. Es war seine feierliche Pflicht, einmal wöchentlich im Korridor zu erscheinen und am ersten und dritten Mittwoch jeden Monats aus dem großen Erker hervor Kauderwelsch zu brabbeln, und es sah keine Möglichkeit, wie es sich diesen Verbindlichkeiten auf ehrenvolle Weise entziehen könnte. Gewiß hatte es ein sehr arges Leben geführt, doch andererseits war es in allen Dingen,

all things connected with the supernatural. For the next three Saturdays, accordingly, he traversed the corridor as usual between midnight and three o'clock, taking every possible precaution against being either heard or seen. He removed his boots, trod as lightly as possible on the old worm-eaten boards, wore a large black velvet cloak, and was careful to use the Rising Sun Lubricator for oiling his chains. I am bound to acknowledge that it was with a good deal of difficulty that he brought himself to adopt this last mode of protection. However, one night, while the family were at dinner, he slipped into Mr. Otis's bedroom and carried off the bottle. He felt a little humiliated at first, but afterwards was sensible enough to see that there was a great deal to be said for the invention, and, to a certain degree, it served his purpose. Still, in spite of everything, he was not left unmolested. Strings were continually being stretched across the corridor, over which he tripped in the dark, and on one occasion, while dressed for the part of »Black Isaac, or the Huntsman of Hogley Woods,« he met with a severe fall, through treading on a butter-slide, which the twins had constructed from the entrance of the Tapestry Chamber to the top of the oak

die mit dem Übernatürlichen zusammenhingen, ungemein gewissenhaft. Folglich ging es an den nächsten drei Sonnabenden wie üblich zwischen Mitternacht und drei Uhr früh durch den Korridor, wobei es jede nur erdenkliche Vorsicht walten ließ, weder gehört noch gesehen zu werden. Es zog sich die Stiefel aus, trat so leicht wie nur möglich auf die alten, wurmzerfressenen Dielen, trug einen weiten schwarzen Samtmantel und ließ es sich angelegen sein, mit dem Sonnenaufgang-Öl seine Ketten zu schmieren. Ich muß allerdings zugeben, daß es sich nur mit großem Widerstreben dazu verstand, die letztgenannte Schutzmaßnahme zu ergreifen. Dennoch schlich es eines Abends, als die Familie beim Essen saß, in Mr. Otis' Schlafzimmer und holte sich die Flasche. Zunächst fühlte es sich etwas gedemütigt, doch später war es vernünftig genug einzusehen, daß sich viel zugunsten der Erfindung sagen ließ, und bis zu einem gewissen Grade kam sie seiner Absicht entgegen. Doch ungeachtet all dessen blieb es nicht unbehelligt. Ständig waren quer durch den Gang Bindfäden gespannt, über die es im Dunkeln stolperte, und einmal, als es für die Rolle des »Schwarzen Isaak oder Der Jäger vom Hogleywald« gekleidet war, erlitt es einen schweren Sturz, weil es auf eine Butterrutschbahn getreten war, die die Zwillinge von der Tür des Gobelinzimmers bis zum obersten Absatz der Eichentreppe angelegt hatten. Diese letzte

staircase. This last insult so enraged him, that he resolved to make one final effort to assert his dignity and social position, and determined to visit the insolent young Etonians the next night in his celebrated character of »Reckless Rupert, or the Headless Earl.«

He had not appeared in this disguise for more than seventy years; in fact, not since he had so frightened pretty Lady Barbara Modish by means of it, that she suddenly broke off her engagement with the present Lord Canterville's grandfather, and ran away to Gretna Green with handsome Jack Castletown, declaring that nothing in the world would induce her to marry into a family that allowed such a horrible phantom to walk up and down the terrace at twilight. Poor Jack was afterwards shot in a duel by Lord Canterville on Wandsworth Common, and Lady Barbara died of a broken heart at Tunbridge Wells before the year was out, so, in every way, it had been a great success. It was, however, an extremely difficult »make-up,« if I may use such a theatrical expression in connection with one of the greatest mysteries of the supernatural, or, to employ a more scientific term, the higher-natural world, and it took him fully three hours to make his preparations. At last everything

Kränkung brachte es dermaßen in Wut, daß es sich zu einem letzten Versuch entschloß, seine Würde und seine gesellschaftliche Stellung zu behaupten und die unverschämten jungen Etonschüler nachts darauf in seiner berühmten Rolle als »Rupert der Rücksichtslose oder Der Graf ohne Kopf« heimzusuchen.

In dieser Verkleidung war es mehr als siebzig Jahre nicht mehr aufgetreten, tatsächlich nicht, seit es die reizende Lady Barbara Modish dadurch so sehr erschreckt hatte, daß sie plötzlich ihre Verlobung mit dem Großvater des jetzigen Lords Canterville löste, mit dem hübschen Jack Castleton nach Gretna Green durchbrannte und erklärte, nichts auf der Welt werde sie dazu bewegen, in eine Familie einzuheiraten, die einem so gräßlichen Gespenst erlaube, in der Morgendämmerung auf der Terrasse hin und her zu spazieren. Der arme Jack wurde später in einem Duell auf dem Gemeindeanger des Vororts Wandsworth von Lord Canterville erschossen, und Lady Barbara starb, ehe das Jahr um war, in Tunbridge Wells an gebrochenem Herzen, so daß es in jeder Hinsicht ein großer Erfolg gewesen war. Allerdings war es ein überaus mühevolles »Make-up«, wenn ich einen Theaterausdruck in Verbindung mit einem der größten Geheimnisse der übernatürlichen oder, um mich wissenschaftlicher auszudrücken, der supernaturalistischen Welt anwenden darf, und es nahm drei

was ready, and he was very pleased with his appearance. The big leather riding-boots that went with the dress were just a little too large for him, and he could only find one of the two horse-pistols, but, on the whole, he was quite satisfied, and at a quarter-past one he glided out of the wainscoting and crept down the corridor. On reaching the room occupied by the twins, which I should mention was called the Blue Bed Chamber, on account of the colour of its hangings, he found the door just ajar. Wishing to make an effective entrance, he flung it wide open, when a heavy jug of water fell right down on him, wetting him to the skin, and just missing his left shoulder by a couple of inches. At the same moment he heard stifled shrieks of laughter proceeding from the four-post bed. The shock to his nervous system was so great that he fled back to his room as hard as he could go, and the next day he was laid up with a severe cold. The only thing that at all consoled him in the whole affair was the fact that he had not brought his head with him, for, had he done so, the consequences might have been very serious.

He now gave up all hope of ever frightening this rude American family, and contented himself, as a rule, with creeping about the

volle Stunden in Anspruch, die Vorbereitungen zu treffen. Endlich war alles fertig, und das Gespenst war überaus angetan von seinem Äußeren. Die mächtigen ledernen Reitstiefel, die zu dem Kostüm gehörten, waren ihm ein wenig zu groß, und es konnte nur eine der beiden Sattelpistolen finden, aber alles in allem war es durchaus zufrieden, und um Viertel zwei glitt es aus der Wandtäfelung und schlich den Gang entlang. Als es das Zimmer der Zwillinge erreichte, das, wie ich erwähnen sollte, nach der Farbe seiner Tapeten das »blaue Schlafzimmer« hieß, fand es die Tür nur angelehnt. Da es sich einen wirkungsvollen Auftritt zu verschaffen wünschte, stieß es die Tür weit auf, und herab fiel ein schwerer Krug Wasser, durchnäßte es bis auf die Haut und sauste um ein Haar an seiner linken Schulter vorbei. Im selben Augenblick vernahm es unterdrücktes Gelächter aus dem Zwillingsbett. Das war ein so schwerer Schock für sein Nervensystem, daß es so schnell wie nur möglich in sein Gemach flüchtete und den nächsten Tag mit einer heftigen Erkältung darniederlag. Der einzig tröstliche Umstand bei der ganzen Sache war, daß es seinen Kopf nicht mitgenommen hatte, denn in dem Fall hätte es sehr ernste Folgen für ihn haben können.

Es gab nun alle Hoffnung auf, dieser ungesitteten amerikanischen Familie jemals einen Schrecken einjagen zu können, und begnügte sich in der Regel

passages in list slippers, with a thick red muffler round his throat for fear of draughts, and a small arquebuse, in case he should be attacked by the twins. The final blow he received occurred on the 19th of September. He had gone downstairs to the great entrance-hall, feeling sure that there, at any rate, he would be quite unmolested, and was amusing himself by making satirical remarks on the large Saroni photographs of the United States Minister and his wife, which had now taken the place of the Canterville family pictures. He was simply but neatly clad in a long shroud, spotted with churchyard mould, had tied up his jaw with a strip of yellow linen, and carried a small lantern and a sexton's spade. In fact, he was dressed for the character of »Jonas the Graveless, or the Corpse-Snatcher of Chertsey Barn,« one of his most remarkable impersonations, and one which the Cantervilles had every reason to remember, as it was the real origin of their quarrel with their neighbour, Lord Rufford. It was about a quarter past two o'clock in the morning, and, as far as he could ascertain, no one was stirring. As he was strolling towards the library, however, to see if there were any traces left of the blood-stain, suddenly there leaped out

damit, in Filzpantoffeln die Gänge entlangzuschleichen, einen dicken roten Schal um den Hals, aus Angst vor Zugluft, und mit einer kleinen Arkebuse, für den Fall, daß es von den Zwillingen angegriffen würde. Den entscheidenden Schlag erhielt es am 19. September. Es war in die große Eingangshalle hinuntergegangen, weil es sich dort zumindest vor Belästigungen sicher fühlte, und vertrieb sich die Zeit mit bissigen Bemerkungen über die gewaltigen Saroni-Fotografien des Gesandten der Vereinigten Staaten und seiner Gattin, die jetzt die Stelle der Familiengemälde derer von Canterville eingenommen hatten. Es war schlicht, aber gefällig in ein langes, mit Friedhofserde getüpfeltes Sterbehemd gekleidet, hatte sich die Kinnlade mit einem gelben Leinenstreifen hochgebunden und trug eine kleine Laterne und einen Totengräberspaten. In der Tat war es für die Rolle als »Jonas der Unbegrabene oder Der Leichenräuber von Chertsey Barn« angezogen, eine seiner bemerkenswertesten Darstellungen, und zudem eine, an die die Cantervilles alles Anlass hatten, sich zu erinnern, da sie den wahren Ursprung ihres Zwistes mit Lord Rufford, ihrem Nachbarn, bildete. Es war etwa Viertel drei Uhr früh, und soweit das Gespenst feststellen konnte, rührte sich niemand. Doch als es in die Bibliothek schlurfte, um nachzusehen, ob noch irgendeine Spur von dem Blutfleck zurückgeblieben war, sprangen plötzlich aus einem

on him from a dark corner two figures, who waved their arms wildly above their heads, and shrieked out »BOO!« in his ear.

Seized with a panic, which, under the circumstances, was only natural, he rushed for the staircase, but found Washington Otis waiting for him there with the big garden-syringe, and being thus hemmed in by his enemies on every side, and driven almost to bay, he vanished into the great iron stove, which, fortunately for him, was not lit, and had to make his way home through the flues and chimneys, arriving at his own room in a terrible state of dirt, disorder, and despair.

After this he was not seen again on any nocturnal expedition. The twins lay in wait for him on several occasions, and strewed the passages with nutshells every night to the great annoyance of their parents and the servants, but it was of no avail. It was quite evident that his feelings were so wounded that he would not appear. Mr. Otis consequently resumed his great work on the history of the Democratic Party, on which he had been engaged for some years; Mrs. Otis organized a wonderful clambake, which amazed the whole county; the boys took to lacrosse, euchre, poker, and other

dunklen Winkel zwei Gestalten hervor, die wild mit den Armen über den Köpfen herumfuchtelten und ihm »Buh!« ins Ohr brüllten.

Von Panik ergriffen, was unter den gegebenen Umständen nur allzu natürlich war, sauste es der Treppe zu, wo es jedoch Washington Otis mit der großen Gartenspritze auf seinem Posten fand, und da sich das Gespenst nun überall von seinen Feinden eingeschlossen und fast gestellt sah, verschwand es in dem großen eisernen Ofen, der zum Glück nicht geheizt war, und mußte durch Feuerkanäle und Rauchfänge den Rückweg zu seinem Gemach nehmen, wo es in einem entsetzlichen Zustand von Schmutz, Zerrüttung und Trostlosigkeit anlangte.

Danach wurde es nicht wieder bei einem nächtlichen Unternehmen gesehen. Die Zwillinge lauerten ihm mehrmals auf und streuten zum großen Verdruß ihrer Eltern und der Dienstboten jeden Abend Nußschalen in die Gänge, doch ohne Erfolg. Ganz offensichtlich waren seine Gefühle so verletzt, daß es nicht mehr erscheinen wollte. Also machte sich Mr. Otis wieder an sein großes Werk über die Geschichte der Demokratischen Partei, mit dem er sich bereits etliche Jahre beschäftigte; Mrs. Otis organisierte ein wunderhübsches Fest, das amerikanische »Muschelbacken«, das die ganze Grafschaft in Staunen versetzte; die Buben vertrieben sich die Zeit mit Lacrosse, Euchre, Poker

American national games, and Virginia rode about the lanes on her pony, accompanied by the young Duke of Cheshire, who had come to spend the last week of his holidays at Canterville Chase. It was generally assumed that the ghost had gone away, and, in fact, Mr. Otis wrote a letter to that effect to Lord Canterville, who, in reply, expressed his great pleasure at the news, and sent his best congratulations to the Minister's worthy wife.

The Otises, however, were deceived, for the ghost was still in the house, and though now almost an invalid, was by no means ready to let matters rest, particularly as he heard that among the guests was the young Duke of Cheshire, whose grand-uncle, Lord Francis Stilton, had once bet a hundred guineas with Colonel Carbury that he would play dice with the Canterville ghost, and was found the next morning lying on the floor of the card-room in such a helpless paralytic state that, though he lived on to a great age, he was never able to say anything again but »Double Sixes.« The story was well known at the time, though, of course, out of respect to the feelings of the two noble families, every attempt was made to hush it up, and a full account of

und anderen amerikanischen Nationalspielen, und Virginia ritt auf ihrem Pony durch die Gegend, begleitet von dem jungen Herzog von Cheshire, der die letzte Woche seiner Ferien in Canterville Chase verbrachte. Es wurde allgemein angenommen, das Gespenst habe das Haus verlassen, und Mr. Otis schrieb tatsächlich einen entsprechenden Brief an Lord Canterville, der in seinem Antwortschreiben seiner großen Freude über die Nachricht Ausdruck verlieh und der hochgeschätzten Gattin des Gesandten seine besten Glückwünsche übermittelte.

Gleichwohl irrte sich die Familie Otis, denn das Gespenst weilte noch im Hause, und wenn jetzt auch nahezu ein Invalide, war es doch keineswegs gewillt, die Dinge ruhen zu lassen, noch dazu, als es vernahm, daß sich unter den Gästen der junge Herzog von Cheshire befand, dessen Großonkel, Lord Francis Stilton, einst mit Oberst Carbury um hundert Guineen gewettet hatte, er werde mit dem Gespenst von Canterville würfeln, und der am nächsten Morgen in einem so hilflosen, gelähmten Zustand auf dem Boden des Spielzimmers gefunden wurde, daß er, obgleich er ein hohes Alter erreichte, nie mehr imstande war, etwas anderes zu sagen als »Zweimal Sechs«. Die Geschichte war zu jener Zeit überall bekannt geworden, obgleich natürlich mit Rücksicht auf die Gefühle der beiden vornehmen Familien alles versucht wurde, sie zu

all the circumstances connected with it will be found in the third volume of Lord Tattle's *Recollections of the Prince Regent and his Friends*. The ghost, then, was naturally very anxious to show that he had not lost his influence over the Stiltons, with whom, indeed, he was distantly connected, his own first cousin having been married *en secondes noces* to the Sieur de Bulkeley, from whom, as every one knows, the Dukes of Cheshire are lineally descended. Accordingly, he made arrangements for appearing to Virginia's little lover in his celebrated impersonation of »The Vampire Monk, or the Bloodless Benedictine,« a performance so horrible that when old Lady Startup saw it, which she did on one fatal New Year's Eve, in the year 1764, she went off into the most piercing shrieks, which culminated in violent apoplexy, and died in three days, after disinheriting the Cantervilles, who were her nearest relations, and leaving all her money to her London apothecary.

At the last moment, however, his terror of the twins prevented his leaving his room, and the little Duke slept in peace under the great feathered canopy in the Royal Bedchamber, and dreamed of Virginia.

vertuschen, und einen ausführlichen Bericht über alle damit verbundenen Umstände findet man im dritten Band von Lord Tattles *Erinnerungen an den Prinzregenten und seine Freunde*. Dem Gespenst lag natürlich viel daran, zu beweisen, daß es seine Macht über die Stiltons nicht eingebüßt hatte, mit denen es obendrein entfernt verwandt war, da seine Cousine ersten Grades in zweiter Ehe mit dem Sieur de Bulkeley verheiratet gewesen war, von dem, wie jeder weiß, die Herzöge von Cheshire in gerader Linie abstammen. Folglich traf es Vorbereitungen, Virginias kleinem Verehrer in seiner berühmten Rolle als »Der Vampirmönch oder Der blutlose Benediktiner« zu erscheinen, eine so grauenvolle Darstellung, daß die alte Lady Startup bei ihrem Anblick in jener verhängnisvollen Silvesternacht des Jahres 1764 in ein ohrenbetäubendes gellendes Geschrei ausbrach, das in einem heftigen Schlaganfall gipfelte, und drei Tage später starb, nachdem sie die Cantervilles, ihre nächsten Verwandten, enterbt und ihr gesamtes Geld ihrem Londoner Apotheker vermacht hatte.

Im letzten Augenblick hielt jedoch das Entsetzen vor den Zwillingen das Gespenst davon ab, den Raum zu verlassen, und der kleine Herzog schlief friedlich unter dem mächtigen, mit Federbüschen besteckten Betthimmel des königlichen Schlafgemachs und träumte von Virginia.

Chapter V

A few days after this, Virginia and her curly-haired cavalier went out riding on Brockley meadows, where she tore her habit so badly in getting through a hedge, that, on their return home, she made up her mind to go up by the back staircase so as not to be seen. As she was running past the Tapestry Chamber, the door of which happened to be open, she fancied she saw some one inside, and thinking it was her mother's maid, who sometimes used to bring her work there, looked in to ask her to mend her habit. To her immense surprise, however, it was the Canterville Ghost himself! He was sitting by the window, watching the ruined gold of the yellowing trees fly through the air, and the red leaves dancing madly down the long avenue. His head was leaning on his hand, and his whole attitude was one of extreme depression. Indeed, so forlorn, and so much out of repair did he look, that little Virginia, whose first idea had been to run away and lock herself in her room, was filled with pity, and determined to try and

Kapitel V

Ein paar Tage später ritten Virginia und ihr Kavalier mit dem Lockenhaar über die Brockleywiesen, wo sich Virginia bei dem Versuch, eine Hecke zu nehmen, so arg ihr Reitkleid zerriß, daß sie sich, daheim angelangt, dafür entschied, über die Hintertreppe hinaufzugehen, damit sie nicht gesehen werde. Als sie an dem Gobelinzimmer vorbeilief, dessen Tür zufällig offen stand, glaubte sie darin jemanden wahrzunehmen, und da sie meinte, es sei die Zofe ihrer Mutter, die sich zuweilen mit ihrer Arbeit dort niederließ, schaute sie hinein und wollte sie bitten, ihr Reitkleid auszubessern. Doch zu ihrer ungeheuren Überraschung war es das Gespenst von Canterville! Es saß am Fenster und beobachtete, wie das welke Gold der gelb gewordenen Bäume durch die Luft flog und die roten Blätter übermütig durch die lange Allee tanzten. Sein Kopf ruhte in der Hand, und seine ganze Haltung drückte tiefe Niedergeschlagenheit aus. Es sah wahrhaftig so verloren und hinfällig aus, daß die kleine Virginia, deren erster Gedanke gewesen war, fortzulaufen und sich in ihrem Zimmer einzuschließen, von Mitleid erfüllt wurde und es zu trösten beschloß. So leicht war ihr

comfort him. So light was her footfall, and so deep his melancholy, that he was not aware of her presence till she spoke to him.

»I am so sorry for you,« she said, »but my brothers are going back to Eton to-morrow, and then, if you behave yourself, no one will annoy you.«

»It is absurd asking me to behave myself,« he answered, looking round in astonishment at the pretty little girl who had ventured to address him, »quite absurd. I must rattle my chains, and groan through keyholes, and walk about at night, if that is what you mean. It is my only reason for existing.«

»It is no reason at all for existing, and you know you have been very wicked. Mrs. Umney told us, the first day we arrived here, that you had killed your wife.«

»Well, I quite admit it,« said the Ghost, petulantly, »but it was a purely family matter, and concerned no one else.«

»It is very wrong to kill any one,« said Virginia, who at times had a sweet puritan gravity, caught from some old New England ancestor.

»Oh, I hate the cheap severity of abstract ethics! My wife was very plain, never had my ruffs properly starched, and knew nothing about cookery. Why, there was a buck I had

Schritt und so tief seine Schwermut, daß es ihrer nicht gewahr wurde, bis sie zu ihm sprach.

»Sie tun mir so leid«, sagte sie, »aber meine Brüder fahren morgen wieder nach Eton, und dann wird Sie keiner mehr ärgern, wenn Sie sich gesittet benehmen.«

»Es ist absurd, von mir zu fordern, ich solle mich gesittet benehmen«, antwortete das Gespenst, während es sich erstaunt nach dem hübschen Mädchen umsah, das gewagt hatte, es anzureden, »völlig absurd. Ich muß mit meinen Ketten rasseln und durch Schlüssellöcher seufzen und des Nachts umherwandern, wenn Sie das meinen. Das ist meine einzige Daseinsberechtigung.«

»Das ist überhaupt keine Daseinsberechtigung, und Sie wissen, daß Sie sehr böse gewesen sind. Mistress Umney hat uns am Tag unserer Ankunft erzählt, daß Sie Ihre Frau umgebracht haben.«

»Nun ja, das gebe ich zu«, erwiderte das Gespenst verdrossen, »aber das war eine reine Familienangelegenheit und ging niemanden sonst etwas an.«

»Es ist sehr unrecht, jemanden umzubringen«, sagte Virginia, die mitunter einen hinreißenden puritanischen Ernst an sich hatte, der das Erbteil irgendeines Neuengland-Ahnen war.

»Oh, ich hasse die wohlfeile Strenge abstrakter Moral! Mein Weib war sehr unansehnlich, stärkte mir nie die Halskrausen, wie es sich gehört, und hatte vom Kochen keine Ahnung. Im Hogleywald

shot in Hogley Woods, a magnificent pricket, and do you know how she had it sent to table? However, it is no matter now, for it is all over, and I don't think it was very nice of her brothers to starve me to death, though I did kill her.«

»Starve you to death? Oh, Mr. Ghost – I mean Sir Simon, are you hungry? I have a sandwich in my case. Would you like it?«

»No, thank you, I never eat anything now; but it is very kind of you, all the same, and you are much nicer than the rest of your horrid, rude, vulgar, dishonest family.«

»Stop!« cried Virginia, stamping her foot, »it is you who are rude, and horrid, and vulgar, and as for dishonesty, you know you stole the paints out of my box to try and furbish up that ridiculous blood-stain in the library. First you took all my reds, including the vermilion, and I couldn't do any more sunsets, then you took the emerald-green and the chrome-yellow, and finally I had nothing left but indigo and Chinese white, and could only do moonlight scenes, which are always depressing to look at, and not at all easy to paint. I never told on you, though I was very much annoyed, and it was most ridiculous, the whole thing; for who ever heard of emerald-green blood?«

hatte ich mal einen Rehbock geschossen, einen kapitalen Spießer, und wissen Sie, wie sie den auf den Tisch brachte? Wie dem auch sei, das ist jetzt gleichgültig, denn das ist alles vorbei, und ich finde es nicht sehr nett von Ihren Brüdern, mich darben zu lassen, wenn ich auch dereinst meine Frau umgebracht habe.«

»Sie darben zu lassen? Oh, Mister Gespenst, ich meine, Mister Simon, sind Sie hungrig? Ich habe ein Butterbrot in der Tasche. Möchten Sie es haben?«

»Nein, danke, ich esse jetzt nie etwas; aber es ist trotzdem sehr freundlich von Ihnen, und Sie sind viel netter als alle anderen Ihrer gräßlichen, rüden, vulgären und unredlichen Familie.«

»Halt!« rief Virginia und stampfte mit dem Fuß auf. »Sie sind es, der gräßlich und rüde und vulgär ist, und was die Unredlichkeit betrifft, so wissen Sie genau, daß Sie mir die Farben aus meinem Malkasten gestohlen haben, um den lächerlichen Blutfleck in der Bibliothek zu erneuern. Zuerst haben Sie mir alles Rot, sogar Zinnober, genommen, und ich konnte keine Sonnenuntergänge mehr malen; dann nahmen Sie Smaragdgrün und Chromgelb, und schließlich hatte ich nur noch Indigo und Weiß und konnte nur noch Mondscheinlandschaften malen, die immer so deprimierend anzuschauen und durchaus nicht leicht zu malen sind. Ich habe Sie niemals verraten, obwohl ich sehr ärgerlich war und die ganze Sache im höchsten Grade lächerlich, denn wer hat je von smaragdgrünem Blut gehört?«

»Well, really,« said the Ghost, rather meekly, »what was I to do? It is a very difficult thing to get real blood nowadays, and, as your brother began it all with his Paragon Detergent, I certainly saw no reason why I should not have your paints. As for colour, that is always a matter of taste: the Cantervilles have blue blood, for instance, the very bluest in England; but I know you Americans don't care for things of this kind.«

»You know nothing about it, and the best thing you can do is to emigrate and improve your mind. My father will be only too happy to give you a free passage, and though there is a heavy duty on spirits of every kind, there will be no difficulty about the Custom House, as the officers are all Democrats. Once in New York, you are sure to be a great success. I know lots of people there who would give a hundred thousand dollars to have a grandfather, and much more than that to have a family ghost.«

»I don't think I should like America.«

»I suppose because we have no ruins and no curiosities,« said Virginia, satirically.

»No ruins! no curiosities!« answered the Ghost; »you have your navy and your manners.«

»Nun freilich«, bemerkte das Gespenst etwas verlegen, »aber was sollte ich tun? Es ist heutzutage sehr schwer, echtes Blut zu bekommen, und da Ihr Bruder die ganze Sache mit seinem Intensivreiniger angefangen hatte, sah ich wirklich keinen Grund, warum ich nicht Ihre Malfarben nehmen sollte. Denn Farbe ist stets eine Geschmackssache; die Cantervilles haben zum Beispiel blaues Blut, das blaueste von ganz England, aber ich weiß, daß ihr Amerikaner euch um solche Dinge nicht schert.«

»Davon wissen Sie überhaupt nichts, und am besten wäre es, Sie wanderten aus und lernten etwas dazu. Mein Vater wird nur allzu glücklich sein, Ihnen die Überfahrt zu bezahlen, und obgleich auf jederlei Geistigem ein hoher Zoll liegt, wird es keine Schwierigkeiten geben, da die Zollbeamten alle Demokraten sind. Und sind Sie erst einmal in New York, ist Ihnen bestimmt ein großer Erfolg gewiß. Ich kenne eine Menge Leute, die hunderttausend Dollar hergeben würden, um einen Großvater zu besitzen, und noch viel mehr für ein Familiengespenst.«

»Ich glaube, mir würde Amerika nicht gefallen«

»Vermutlich weil wir keine Ruinen und keine Kuriositäten haben«, bemerkte Virginia spöttisch.

»Keine Ruinen? Keine Kuriositäten?« entgegnete das Gespenst. »Sie haben doch Ihre Kriegsschiffe und Ihre Umgangsformen.«

»Good evening; I will go and ask papa to get the twins an extra week's holiday.«

»Please don't go, Miss Virginia,« he cried; »I am so lonely and so unhappy, and I really don't know what to do. I want to go to sleep and I cannot.«

»That's quite absurd! You have merely to go to bed and blow out the candle. It is very difficult sometimes to keep awake, especially at church, but there is no difficulty at all about sleeping. Why, even babies know how to do that, and they are not very clever.«

»I have not slept for three hundred years,« he said sadly, and Virginia's beautiful blue eyes opened in wonder; »for three hundred years I have not slept, and I am so tired.«

Virginia grew quite grave, and her little lips trembled like rose-leaves. She came towards him, and kneeling down at his side, looked up into his old withered face.

»Poor, poor Ghost,« she murmured; »have you no place where you can sleep?«

»Far away beyond the pine-woods,« he answered, in a low, dreamy voice, »there is a little garden. There the grass grows long and deep, there are the great white stars of the hemlock flower, there the nightingale sings all night long. All night long he sings, and the cold crystal moon looks down, and

»Guten Abend, ich werde Papa bitten, daß er den Zwillingen noch eine zusätzliche Woche Ferien verschafft.«

»Bitte gehen Sie nicht, Miss Virginia«, rief das Gespenst, »ich bin so einsam und so unglücklich, und ich weiß wirklich nicht, was ich tun soll. Ich möchte schlafen und kann es nicht.«

»Das ist völliger Unsinn! Sie brauchen nur ins Bett zu gehen und die Kerze auszupusten. Es ist manchmal sehr schwer, wach zu bleiben, vor allem in der Kirche, aber Schlafen ist doch überhaupt nicht schwierig. Sogar Babys können das, und die sind ja nicht sehr gescheit.«

»Ich habe seit dreihundert Jahren nicht mehr geschlafen«, erwiderte das Gespenst traurig, und Virginias schöne blaue Augen weiteten sich vor Staunen, »seit dreihundert Jahren habe ich nicht mehr geschlafen, und ich bin so müde.«

Virginia wurde ganz ernst, und ihre kleinen Lippen zitterten wie Rosenblätter. Sie trat zu ihm, kniete neben ihm nieder und blickte empor in sein altes, welkes Gesicht.

»Armes, armes Gespenst«, murmelte sie, »haben Sie kein Fleckchen, wo Sie schlafen können?«

»Weit hinter den Fichtenwäldern«, antwortete es mit leiser, träumerischer Stimme, »liegt ein kleiner Garten. Dort wächst das Gras lang und dicht, dort leuchten die großen weißen Sterne des Schierlings, dort singt die Nachtigall die ganze Nacht.

the yew-tree spreads out its giant arms over the sleepers.«

Virginia's eyes grew dim with tears, and she hid her face in her hands.

»You mean the Garden of Death,« she whispered.

»Yes, death. Death must be so beautiful. To lie in the soft brown earth, with the grasses waving above one's head, and listen to silence. To have no yesterday, and no tomorrow. To forget time, to forget life, to be at peace. You can help me. You can open for me the portals of death's house, for love is always with you, and love is stronger than death is.«

Virginia trembled, a cold shudder ran through her, and for a few moments there was silence. She felt as if she was in a terrible dream.

Then the ghost spoke again, and his voice sounded like the sighing of the wind.

»Have you ever read the old prophecy on the library window?«

»Oh, often,« cried the little girl, looking up; »I know it quite well. It is painted in curious black letters, and is difficult to read. There are only six lines:

Die ganze Nacht singt sie, und der kalte, kristallene Mond schaut hernieder, und die Eibe breitet ihre riesigen Arme über die Schläfer.«

Virginias Augen trübten sich von Tränen, und sie barg ihr Gesicht in den Händen.

»Sie meinen den Garten des Todes«, flüsterte sie.

»Ja, des Todes. Tod muß so schön sein. In der weichen braunen Erde liegen, während über unserem Kopf das Gras wogt, und der Stille lauschen. Kein Gestern haben und kein Morgen. Die Zeit vergessen, dem Leben verzeihen, in Frieden sein. Sie können mir helfen. Sie können mir die Pforten zum Haus des Todes öffnen, denn an Ihrer Seite ist stets die Liebe, und die Liebe ist stärker als der Tod.«

Virginia zitterte, ein kalter Schauer durchrann sie, und eine kleine Weile herrschte Schweigen.

Dann sprach das Gespenst wieder, und seine Stimme klang wie das Seufzen des Windes.

»Haben Sie je die alte Prophezeiung am Fenster der Bibliothek gelesen?«

»Oh, oft«, rief das kleine Mädchen und schaute hoch, »ich kenne sie sehr gut. Sie ist in merkwürdigen schwarzen Buchstaben gemalt und schwer zu lesen. Sie hat nur sechs Zeilen:

When a golden girl can win
Prayer from out the lips of sin,
When the barren almond bears,
And a little child gives away its tears,
Then shall all the house be still
And peace come to Canterville.

But I don't know what they mean.«

»They mean,« he said sadly, »that you must weep with me for my sins, because I have no tears, and pray with me for my soul, because I have no faith, and then, if you have always been sweet, and good, and gentle, the angel of death will have mercy on me. You will see fearful shapes in darkness, and wicked voices will whisper in your ear, but they will not harm you, for against the purity of a little child the powers of Hell cannot prevail.«

Virginia made no answer, and the ghost wrung his hands in wild despair as he looked down at her bowed golden head. Suddenly she stood up, very pale, and with a strange light in her eyes. »I am not afraid,« she said firmly, »and I will ask the angel to have mercy on you.«

He rose from his seat with a faint cry of joy, and taking her hand bent over it with old-fashioned grace and kissed it. His

Entringt ein Mägdlein voll Unschuld und Treu
Sünderlippen Gebete der Reu,
Steht der dürre Mandelbaum in Blüte,
Vergießet ein Kindlein Tränen der Güte,
Dann wird es im ganzen Hause still,
Und Friede zieht ein in Canterville.

Aber ich weiß nicht, was das bedeutet.«

»Es bedeutet«, sagte es traurig, »daß Sie um meiner Sünden willen für mich weinen müssen, weil ich keine Tränen habe, und mit mir für meine Seele beten müssen, weil ich keinen Glauben habe, und wenn Sie immerdar lieb und gut und freundlich gewesen sind, dann wird der Engel des Todes Erbarmen mit mir haben. Sie werden im Dunkel schreckliche Gestalten erblicken, und böse Stimmen werden Ihnen ins Ohr raunen, aber sie werden Ihnen nichts zuleide tun, denn gegen die Reinheit eines Kindleins können sich die Mächte der Hölle nicht behaupten.«

Virginia gab keine Antwort, und das Gespenst rang die Hände in wilder Verzweiflung, während es auf ihren geneigten goldblonden Kopf nieder sah. Plötzlich stand sie auf, sehr blass und mit einem ungewöhnlichen Leuchten in den Augen. »Ich fürchte mich nicht«, sagte sie entschlossen, »und ich werde den Engel bitten, sich Ihrer zu erbarmen.«

Mit einem schwachen Freudenschrei erhob es sich von seinem Sitz, beugte sich mit altmodischer

fingers were as cold as ice, and his lips burned like fire, but Virginia did not falter, as he led her across the dusky room. On the faded green tapestry were broidered little huntsmen. They blew their tasselled horns and with their tiny hands waved to her to go back. »Go back! little Virginia,« they cried, »go back!« but the ghost clutched her hand more tightly, and she shut her eyes against them. Horrible animals with lizard tails and goggle eyes blinked at her from the carven chimney piece, and murmured, »Beware! little Virginia, beware! we may never see you again,« but the Ghost glided on more swiftly, and Virginia did not listen. When they reached the end of the room he stopped, and muttered some words she could not understand. She opened her eyes, and saw the wall slowly fading away like a mist, and a great black cavern in front of her. A bitter cold wind swept round them, and she felt something pulling at her dress. »Quick, quick,« cried the Ghost, »or it will be too late,« and in a moment the wainscoting had closed behind them, and the Tapestry Chamber was empty.

Grazie über ihre Hand und küsste sie. Seine Finger waren kalt wie Eis, und seine Lippen brannten wie Feuer, aber Virginia wankte nicht, als das Gespenst sie durch den dämmrigen Raum führte. Auf die verschossene grüne Wandbekleidung waren kleine Jäger gestickt. Sie bliesen auf ihren mit Quasten geschmückten Hörnern und winkten ihr mit ihren winzigen Händchen, umzukehren. »Kehr um, kleine Virginia!« riefen sie. »Kehr um!« Doch das Gespenst umklammerte ihre Hand noch fester, und sie verschloß die Augen gegen die kleinen Jäger. Gräßliche Tiere mit Eidechsenschwänzen und Glotzaugen blinzelten sie von dem gemeißelten Kaminsims an und wisperten: »Hüte dich, kleine Virginia! Hüte Dich! Vielleicht werden wir dich nie wiedersehen«, aber das Gespenst glitt rascher dahin, und Virginia hörte nicht zu. Am Ende des Raums blieb es stehen und murmelte einige Worte, die sie nicht verstehen konnte. Sie öffnete die Augen und sah die Wand langsam wie einen Nebeldunst schwinden und vor sich eine weite schwarze Höhle. Ein bitterkalter Wind fegte um sie, und sie spürte etwas an ihrem Kleid zerren. »Schnell, schnell«, rief das Gespenst, »sonst ist es zu spät.« Und im Nu hatte sich die Wandtäfelung hinter ihnen geschlossen, und das Gobelinzimmer war leer.

Chapter VI

About ten minutes later, the bell rang for tea, and, as Virginia did not come down, Mrs. Otis sent up one of the footmen to tell her. After a little time he returned and said that he could not find Miss Virginia anywhere. As she was in the habit of going out to the garden every evening to get flowers for the dinner-table, Mrs. Otis was not at all alarmed at first, but when six o'clock struck, and Virginia did not appear, she became really agitated, and sent the boys out to look for her, while she herself and Mr. Otis searched every room in the house. At half-past six the boys came back and said that they could find no trace of their sister anywhere. They were all now in the greatest state of excitement, and did not know what to do, when Mr. Otis suddenly remembered that, some few days before, he had given a band of gipsies permission to camp in the park. He accordingly at once set off for Blackfell Hollow, where he knew they were, accompanied by his eldest son and two of the farm-servants. The little

Kapitel VI

Etwa zehn Minuten später läutete es zum Tee, und als Virginia nicht herunterkam, schickte Mrs. Otis einen Diener nach oben, sie zu rufen. Nach einer kleinen Weile kehrte er zurück und sagte, er könne Miss Virginia nirgends finden. Da sie die Gewohnheit hatte, jeden Abend in den Garten zu gehen und Blumen für die Tafel zu holen, beunruhigte sich Mrs. Otis zunächst gar nicht; doch als es sechs Uhr schlug und Virginia nicht auftauchte, geriet sie wirklich in Sorge und schickte die Buben aus, nach ihr zu suchen, während sie selbst und Mr. Otis alle Räume des Hauses durchstöberten. Um halb sieben kamen die Buben zurück und erklärten, von ihrer Schwester nirgendwo eine Spur entdecken zu können. Nun gerieten alle in einen Zustand höchster Aufregung und wußten nicht, was sie tun sollten; doch plötzlich erinnerte sich Mr. Otis, daß er vor ein paar Tagen einer Zigeunerbande die Erlaubnis erteilt hatte, im Park ihr Lager aufzuschlagen. Deshalb machte er sich sogleich in Begleitung seines ältesten Sohnes und zweier Landarbeiter auf den Weg nach Blackfell Hollow, wo sich die Zigeuner seines Wissens aufhielten. Der kleine Herzog von Cheshire, der vor Besorgnis völlig außer sich war,

Duke of Cheshire, who was perfectly frantic with anxiety, begged hard to be allowed to go too, but Mr. Otis would not allow him, as he was afraid there might be a scuffle. On arriving at the spot, however, he found that the gipsies had gone, and it was evident that their departure had been rather sudden, as the fire was still burning, and some plates were lying on the grass. Having sent off Washington and the two men to scour the district, he ran home, and despatched telegrams to all the police inspectors in the county, telling them to look out for a little girl who had been kidnapped by tramps or gipsies. He then ordered his horse to be brought round, and, after insisting on his wife and the three boys sitting down to dinner, rode off down the Ascot road with a groom. He had hardly, however, gone a couple of miles, when he heard somebody galloping after him, and, looking round, saw the little Duke coming up on his pony, with his face very flushed, and no hat. »I'm awfully sorry, Mr. Otis,« gasped out the boy, »but I can't eat any dinner as long as Virginia is lost. Please don't be angry with me; if you had let us be engaged last year, there would never have been all this trouble. You won't send me back, will you? I can't go! I won't go!«

bat ihn inständig um die Erlaubnis, sich anschließen zu dürfen, aber Mr. Otis wollte es nicht gestatten, weil er fürchtete, es könne dann zu einem Handgemenge kommen. Als sie die Stelle erreicht hatten, entdeckte er freilich, daß die Zigeuner fort waren, und offensichtlich waren sie recht plötzlich aufgebrochen, denn das Feuer brannte noch, und ein paar Teller lagen im Gras. Nachdem er Washington und die beiden Männer losgeschickt hatte, den ganzen Bezirk nach allen Richtungen hin zu durchsuchen, eilte er heim und sandte Telegramme an alle Polizeiinspektoren der Grafschaft, nach einem kleinen Mädchen zu forschen, das von Landstreichern oder Zigeunern entführt worden sei. Dann befahl er, sein Pferd zu bringen, und nachdem er ausdrücklich darauf bestanden hatte, daß sich seine Frau und die drei Jungen zu Tisch setzten, ritt er mit einem Reitknecht auf der Straße nach Ascot davon. Doch kaum war er zwei Meilen weit gekommen, da hörte er jemand hinter sich her galoppieren, und als er sich umdrehte, sah er den kleinen Herzog auf seinem Pony heranjagen, mit hochrotem Gesicht und ohne Hut. »Es tut mir schrecklich leid, Mister Otis«, keuchte der Junge, »aber ich kann nicht essen, solange Virginia nicht da ist. Bitte, seien Sie mir nicht böse; wenn Sie letztes Jahr in unsere Verlobung eingewilligt hätten, wäre der ganze Kummer nicht passiert. Sie werden mich nicht zurückschicken, nicht wahr? Ich kann nicht zurück! Ich will nicht zurück!«

The Minister could not help smiling at the handsome young scape-grace, and was a good deal touched at his devotion to Virginia, so leaning down from his horse, he patted him kindly on the shoulders, and said, »Well, Cecil, if you won't go back, I suppose you must come with me, but I must get you a hat at Ascot.«

»Oh, bother my hat! I want Virginia!« cried the little Duke, laughing, and they galloped on to the railway station. There Mr. Otis inquired of the station-master if any one answering to the description of Virginia had been seen on the platform, but could get no news of her. The station-master, however, wired up and down the line, and assured him that a strict watch would be kept for her, and, after having bought a hat for the little Duke from a linen-draper, who was just putting up his shutters, Mr. Otis rode off to Bexley, a village about four miles away, which he was told was a well-known haunt of the gipsies, as there was a large common next to it. Here they roused up the rural policeman, but could get no information from him, and, after riding all over the common, they turned their horses' heads homewards, and reached the Chase about eleven o'clock, dead-tired and almost heartbroken. They found Washington

Der Gesandte mußte lächeln über den hübschen jungen Taugenichts und war sehr gerührt über seine Liebe zu Virginia, deshalb beugte er sich vom Pferd, klopfte ihm freundlich auf die Schulter und sagte: »Also gut, Cecil, wenn Sie nicht zurück wollen, werden Sie wohl mitkommen müssen, aber in Ascot muß ich Ihnen einen Hut besorgen.«

»Oh, zum Henker mit meinem Hut! Ich will Virginia wiederhaben!« rief der kleine Herzog lachend aus, und sie galoppierten weiter zum Bahnhof. Dort erkundigte sich Mr. Otis bei dem Stationsvorsteher, ob jemand, auf den Virginias Beschreibung zuträfe, auf dem Bahnsteig gesehen worden sei, konnte jedoch nichts über sie erfahren. Immerhin telegraphierte der Stationsvorsteher die ganze Strecke hinauf und hinab und versicherte ihm, daß man scharf nach ihr Ausschau halten werde, und nachdem Mr. Otis bei einem Tuchwarenhändler, der eben dabei war, den Laden zu schließen, für den kleinen Herzog einen Hut gekauft hatte, ritt er nach Bexley, einem vier Meilen entfernten Dorf, das ihm als bekannter Aufenthaltsort der Zigeuner genannt worden war, weil in der Nähe eine große Gemeindeweide lag. Hier weckten sie den Gendarmen, konnten aber keine Auskunft von ihm erhalten, und nachdem sie die ganze Gemeindeweide abgeritten waren, lenkten sie ihre Pferde heimwärts und gelangten gegen elf Uhr todmüde

and the twins waiting for them at the gate-house with lanterns, as the avenue was very dark. Not the slightest trace of Virginia had been discovered. The gipsies had been caught on Brockley meadows, but she was not with them, and they had explained their sudden departure by saying that they had mistaken the date of Chorton Fair, and had gone off in a hurry for fear they should be late. Indeed, they had been quite distressed at hearing of Virginia's disappearance, as they were very grateful to Mr. Otis for having allowed them to camp in his park, and four of their number had stayed behind to help in the search. The carp-pond had been dragged, and the whole Chase thoroughly gone over, but without any result. It was evident that, for that night at any rate, Virginia was lost to them; and it was in a state of the deepest depression that Mr. Otis and the boys walked up to the house, the groom following behind with the two horses and the pony. In the hall they found a group of frightened servants, and lying on a sofa in the library was poor Mrs. Otis, almost out of her mind with terror and anxiety, and having her forehead bathed with eau de cologne by the old housekeeper. Mr. Otis at once insisted on her having something to eat, and ordered up supper for the whole party. It was a

und tiefbekümmert in Canterville Chase an. Sie stießen auf Washington und die Zwillinge, die am Pförtnerhäuschen mit Laternen auf sie warteten, weil die Allee sehr finster war. Von Virginia war nicht die mindeste Spur entdeckt worden. Die Zigeuner hatte man auf den Brockleywiesen eingeholt, aber Virginia war nicht bei ihnen, und ihren plötzlichen Aufbruch erklärten sie damit, daß sie sich im Datum des Jahrmarkts von Chorton geirrt und sich aus Angst, zu spät zu kommen, in aller Eile davongemacht hätten. Die Nachricht von Virginias Verschwinden hatte sie tatsächlich tief betrübt, da sie Mr. Otis sehr dankbar waren für die Erlaubnis, in seinem Park zu lagern, und vier von ihnen waren zurückgeblieben, um bei den Nachforschungen zu helfen. Der Karpfenteich war mit Schleppnetzen abgesucht und ganz Canterville Chase durchstöbert worden, aber ohne jeden Erfolg. Offensichtlich war ihnen Virginia, zumindest für diese Nacht, verloren, und so wanderten Mr. Otis und die jungen Leute in einem Zustand tiefer Niedergeschlagenheit dem Hause zu, gefolgt von dem Reitknecht mit den beiden Pferden und dem Pony. In der Halle fanden sie eine Schar verschreckter Dienstboten vor, und in der Bibliothek lag auf einem Sofa die arme Mrs. Otis, fast von Sinnen vor Angst und Sorge, und die alte Haushälterin kühlte ihr die Stirn mit Eau de Cologne. Mr. Otis bestand nachdrücklich darauf, daß sie etwas

melancholy meal, as hardly any one spoke, and even the twins were awestruck and subdued, as they were very fond of their sister. When they had finished, Mr. Otis, in spite of the entreaties of the little Duke, ordered them all to bed, saying that nothing more could be done that night, and that he would telegraph in the morning to Scotland Yard for some detectives to be sent down immediately. Just as they were passing out of the dining-room, midnight began to boom from the clock tower, and when the last stroke sounded they heard a crash and a sudden shrill cry; a dreadful peal of thunder shook the house, a strain of unearthly music floated through the air, a panel at the top of the staircase flew back with a loud noise, and out on the landing, looking very pale and white, with a little casket in her hand, stepped Virginia. In a moment they had all rushed up to her. Mrs. Otis clasped her passionately in her arms, the Duke smothered her with violent kisses, and the twins executed a wild war-dance round the group.

»Good heavens! Child, where have you been?« said Mr. Otis, rather angrily, thinking that she had been playing some foolish trick on them. »Cecil and I have been riding all over the country looking for you, and your mother

zu sich nähme, und bestellte sofort das Nachtessen für alle. Es war ein trübseliges Mahl, da kaum einer sprach, und selbst die Zwillinge waren scheu und kleinlaut, da sie ihre Schwester sehr lieb hatten. Als sie fertig waren, schickte Mr. Otis, ungeachtet der inständigen Bitten des kleinen Herzogs, alle zu Bett, mit den Worten, in dieser Nacht könne nichts mehr unternommen werden, und am Morgen werde er Scotland Yard telegrafisch um die schleunige Entsendung einiger Detektive bitten. Gerade als sie das Speisezimmer verließen, begann es vom Turm Mitternacht zu dröhnen, und als der letzte Ton hallte, vernahmen sie ein Krachen und einen jähen, durchdringenden Schrei; ein Donnerschlag erschütterte das Haus, eine überirdische Musik wehte durch die Luft, ein Paneel oben im Treppenhaus sprang mit lautem Getöse zurück, und auf den Treppenabsatz, sehr bleich und sehr weiß, ein Schmuckkästchen in der Hand, trat Virginia. Im Nu waren alle zu ihr hinaufgestürmt. Mrs. Otis schloß sie leidenschaftlich in ihre Arme, der Herzog erstickte sie mit ungestümen Küssen, und die Zwillinge vollführten einen wilden Kriegstanz um die Gruppe.

»Grundgütiger Himmel! Kind, wo bist du gewesen?« fragte Mr. Otis etwas ärgerlich, weil er meinte, sie habe ihnen einen närrischen Streich gespielt. »Cecil und ich haben auf der Suche nach dir die ganze Gegend abgeritten, und deine Mutter

has been frightened to death. You must never play these practical jokes any more.«

»Except on the Ghost! Except on the Ghost!« shrieked the twins, as they capered about.

»My own darling, thank God you are found; you must never leave my side again,« murmured Mrs. Otis, as she kissed the trembling child, and smoothed the tangled gold of her hair.

»Papa,« said Virginia, quietly, »I have been with the Ghost. He is dead, and you must come and see him. He had been very wicked, but he was really sorry for all that he had done, and he gave me this box of beautiful jewels before he died.«

The whole family gazed at her in mute amazement, but she was quite grave and serious; and, turning round, she led them through the opening in the wainscoting down a narrow secret corridor, Washington following with a lighted candle, which he had caught up from the table. Finally, they came to a great oak door, studded with rusty nails. When Virginia touched it, it swung back on its heavy hinges, and they found themselves in a little low room, with a vaulted ceiling, and one tiny grated window. Imbedded in the wall was a huge iron ring, and chained to it was a gaunt skeleton, that was stretched out

hat sich zu Tode geängstigt. Solche Späße darfst du dir nie wieder erlauben.«

»Außer mit dem Gespenst! Außer mit dem Gespenst!« schrien die umherhüpfenden Zwillinge.

»Mein Herzensliebling, Gott sei Dank, daß du wieder da bist; du darfst nicht mehr von meiner Seite gehen«, flüsterte Mrs. Otis und küsste ihr zitterndes Kind und strich ihm über das wirre Goldhaar.

»Papa«, sagte Virginia ruhig, »ich war bei dem Gespenst. Es ist tot, und ihr müsst mitkommen und es sehen. Es ist sehr böse gewesen, hat aber ehrlich bedauert, was es alles getan hat, und ehe es starb, schenkte es mir dieses Kästchen mit schönem Schmuck.«

Die ganze Familie starrte sie in stummer Verwunderung an, aber sie war sehr ernst und feierlich, wandte sich um und führte sie durch die Öffnung im Wandgetäfel in einen engen Geheimgang; Washington folgte als letzter mit einer brennenden Kerze, die er vom Tisch genommen hatte. Endlich gelangten sie an eine mächtige, mit rostigen Nägeln beschlagene Eichentür. Als Virginia sie berührte, schwang sie in ihren schweren Angeln zurück, und sie sahen sich in einem niedrigen kleinen Raum mit gewölbter Decke und einem winzigen vergitterten Fenster. In die Wand eingelassen war ein gewaltiger Eisenring und daran gekettet ein klapperdürres Skelett, das auf dem Steinboden

at full length on the stone floor, and seemed to be trying to grasp with its long fleshless fingers an old-fashioned trencher and ewer, that were placed just out of its reach. The jug had evidently been once filled with water, as it was covered inside with green mould. There was nothing on the trencher but a pile of dust. Virginia knelt down beside the skeleton, and, folding her little hands together, began to pray silently, while the rest of the party looked on in wonder at the terrible tragedy whose secret was now disclosed to them.

»Hallo!« suddenly exclaimed one of the twins, who had been looking out of the window to try and discover in what wing of the house the room was situated. »Hallo! the old withered almond-tree has blossomed. I can see the flowers quite plainly in the moonlight.«

»God has forgiven him,« said Virginia, gravely, as she rose to her feet, and a beautiful light seemed to illumine her face.

»What an angel you are!« cried the young Duke, and he put his arm round her neck, and kissed her.

ausgestreckt lag und mit seinen langen fleischlosen Fingern nach einem altertümlichen Holzteller und einem Krug zu greifen schien, die man um eine Winzigkeit außer seiner Reichweite hingestellt hatte. Der Krug war offenbar einst mit Wasser gefüllt gewesen, denn innen war er mit grünem Schimmel bedeckt. Auf dem Holzteller befand sich nichts als ein Häufchen Staub. Virginia kniete neben dem Skelett nieder, faltete ihre kleinen Hände und begann lautlos zu beten, während die anderen staunend auf die grausige Tragödie blickten, deren Geheimnis ihnen nun enthüllt war.

»Hallo!« rief plötzlich einer der Zwillinge, der durch das Fenster geschaut hatte, um zu entdekken, in welchem Flügel des Hauses der Raum gelegen war. »Hallo! Der alte verdorrte Mandelbaum hat Blüten getrieben. Ich kann sie ganz deutlich im Mondlicht erkennen.«

»Gott hat ihm vergebenen«, sagte Virginia ernst, während sie aufstand, und ein herrliches Leuchten schien ihr Gesicht zu erhellen.

»Sie sind ein Engel!« rief der junge Herzog und legte den Arm um ihren Hals und küßte sie.

Chapter VII

Four days after these curious incidents, a funeral started from Canterville Chase at about eleven o'clock at night. The hearse was drawn by eight black horses, each of which carried on its head a great tuft of nodding ostrich-plumes, and the leaden coffin was covered by a rich purple pall, on which was embroidered in gold the Canterville coat-of-arms. By the side of the hearse and the coaches walked the servants with lighted torches, and the whole procession was wonderfully impressive. Lord Canterville was the chief mourner, having come up specially from Wales to attend the funeral, and sat in the first carriage along with little Virginia. Then came the United States Minister and his wife, then Washington and the three boys, and in the last carriage was Mrs. Umney. It was generally felt that, as she had been frightened by the ghost for more than fifty years of her life, she had a right to see the last of him. A deep grave had been dug in the corner of the churchyard, just under the old yew-tree, and the service was read in the most impressive manner by the

Kapitel VII

Vier Tage nach diesen seltsamen Ereignissen verließ gegen elf Uhr abends ein Trauerzug Canterville Chase. Der Leichenwagen wurde von acht Rappen gezogen, die auf dem Kopf große Büschel nickender Straußenfedern trugen, und den Bleisarg bedeckte ein kostbares purpurnes Bahrtuch, auf das mit Gold das Wappen derer von Canterville gestickt war. Neben dem Leichenwagen und den Kutschen schritten die Diener mit brennenden Fackeln, und der ganze Zug war wunderbar ergreifend. Lord Canterville war der Hauptleidtragende und eigens aus Wales hergekommen, um an dem Leichenbegängnis teilzunehmen; er saß mit der kleinen Virginia im ersten Wagen. Dann folgten der Gesandte der Vereinigten Staaten und seine Gattin, dann Washington und die drei Buben, und im letzten Wagen saß Mrs. Umney. Alle waren sich einig gewesen in dem Gefühl, daß sie ein Recht habe, sein Ende mitzuerleben, da sie mehr als fünfzig Jahre ihres Lebens von dem Gespenst erschreckt worden war. Ein tiefes Grab war in der Ecke des Friedhofs ausgehoben, just unter der alten Eibe, und Ehrwürden Augustus Dampier hielt auf höchst eindrucksvolle

Rev. Augustus Dampier. When the ceremony was over, the servants, according to an old custom observed in the Canterville family, extinguished their torches, and, as the coffin was being lowered into the grave, Virginia stepped forward, and laid on it a large cross made of white and pink almond-blossoms. As she did so, the moon came out from behind a cloud, and flooded with its silent silver the little churchyard, and from a distant copse a nightingale began to sing. She thought of the ghost's description of the Garden of Death, her eyes became dim with tears, and she hardly spoke a word during the drive home.

The next morning, before Lord Canterville went up to town, Mr. Otis had an interview with him on the subject of the jewels the ghost had given to Virginia. They were perfectly magnificent, especially a certain ruby necklace with old Venetian setting, which was really a superb specimen of sixteenth-century work, and their value was so great that Mr. Otis felt considerable scruples about allowing his daughter to accept them.

»My Lord,« he said, »I know that in this country mortmain is held to apply to trinkets as well as to land, and it is quite clear to me that these jewels are, or should be, heirlooms in your family. I must beg you,

Weise den Gottesdienst. Als die feierliche Handlung beendet war, löschten die Diener nach einem alten Brauch des Hauses Canterville ihre Fackeln, und als der Sarg ins Grab gesenkt wurde, trat Virginia vor und legte ein großes Kreuz aus weißen und rosa Mandelblüten darauf nieder. Im gleichen Augenblick kam der Mond hinter einer Wolke hervor und überflutete den kleinen Friedhof mit seinem lautlosen Silber, und in einem fernen Hag begann die Nachtigall zu singen. Virginia dachte daran, wie ihr das Gespenst den Garten des Todes geschildert hatte, ihre Augen wurden trüb von Tränen, und auf der Heimfahrt sprach sie kaum ein Wort.

Am nächsten Morgen, ehe Lord Canterville nach London fuhr, hatte Mr. Otis eine Unterredung mit ihm über den Schmuck, den das Gespenst Virginia geschenkt hatte. Er war einfach herrlich, vor allem ein Halsband aus Rubinen, eine Arbeit aus dem sechzehnten Jahrhundert, und er war so ungemein wertvoll, daß Mr. Otis erhebliche Bedenken hatte, ob er seiner Tochter gestatten dürfe, ihn anzunehmen.

»Mylord«, sagte er, »ich weiß, daß in Ihrem Land Schmucksachen ebenso als unveräußerliches Gut gelten wie Grund und Boden, und es ist mir völlig klar, daß dieser Schmuck ein Familienerbstück ist oder sein sollte. Ich muß Sie demnach bitten, ihn nach London mitzunehmen und

accordingly, to take them to London with you, and to regard them simply as a portion of your property which has been restored to you under certain strange conditions. As for my daughter, she is merely a child, and has as yet, I am glad to say, but little interest in such appurtenances of idle luxury. I am also informed by Mrs. Otis, who, I may say, is no mean authority upon Art, – having had the privilege of spending several winters in Boston when she was a girl, – that these gems are of great monetary worth, and if offered for sale would fetch a tall price. Under these circumstances, Lord Canterville, I feel sure that you will recognize how impossible it would be for me to allow them to remain in the possession of any member of my family; and, indeed, all such vain gauds and toys, however suitable or necessary to the dignity of the British aristocracy, would be completely out of place among those who have been brought up on the severe, and I believe immortal, principles of republican simplicity. Perhaps I should mention that Virginia is very anxious that you should allow her to retain the box as a memento of your unfortunate but misguided ancestor. As it is extremely old, and consequently a good deal out of repair, you may perhaps think fit to comply with

durchaus als einen Teil Ihres Eigentums zu betrachten, der Ihnen unter ungewöhnlichen Umständen zurückerstattet wurde. Was meine Tochter betrifft, so ist sie ja ein reines Kind und hat, wie ich mit Freuden behaupten kann, noch wenig Interesse für dergleichen Zubehöre eitler Prachtliebe. Mistress Otis, die, ich darf sagen, in Dingen der Kunst keine geringe Autorität ist, da sie den Vorzug genoß, als junges Mädchen mehrere Winter in Boston zu verbringen, hat mir überdies mitgeteilt, daß diese Edelsteine von ganz erheblichem Wert sind und bei Verkauf einen hohen Preis erzielen würden. Ich bin überzeugt, Lord Canterville, daß Sie zugeben werden, wie unmöglich es unter diesen Umständen für mich wäre, sie im Besitz eines Mitgliedes meiner Familie verbleiben zu lassen, und in der Tat wäre all dieser Putz und Tand, wie angemessen oder unerlässlich auch immer für das Ansehen der britischen Aristokratie, völlig fehl am Platze bei denen, die in den strengen und, ich glaube, unvergänglichen Grundsätzen republikanischer Einfachheit erzogen sind. Vielleicht sollte ich noch erwähnen, daß Virginia sehr viel an Ihrer Erlaubnis gelegen ist, das Kästchen als eine Erinnerung an Ihren unglücklichen, aber irregeleiteten Vorfahren behalten zu dürfen. Da es sehr alt ist und sich folglich in einem ziemlich schlechten Zustand befindet, werden Sie vielleicht nichts dagegen haben, ihre Bitte zu erfüllen. Ich für meinen

her request. For my own part, I confess I am a good deal surprised to find a child of mine expressing sympathy with mediævalism in any form, and can only account for it by the fact that Virginia was born in one of your London suburbs shortly after Mrs. Otis had returned from a trip to Athens.«

Lord Canterville listened very gravely to the worthy Minister's speech, pulling his grey moustache now and then to hide an involuntary smile, and when Mr. Otis had ended, he shook him cordially by the hand, and said: »My dear sir, your charming little daughter rendered my unlucky ancestor, Sir Simon, a very important service, and I and my family are much indebted to her for her marvellous courage and pluck. The jewels are clearly hers, and, egad, I believe that if I were heartless enough to take them from her, the wicked old fellow would be out of his grave in a fortnight, leading me the devil of a life. As for their being heirlooms, nothing is an heirloom that is not so mentioned in a will or legal document, and the existence of these jewels has been quite unknown. I assure you I have no more claim on them than your butler, and when Miss Virginia grows up, I dare say she will be pleased to have pretty things to wear. Besides, you

Teil muß gestehen, daß es mich einigermaßen überrascht, bei einem meiner Kinder Interesse für etwas Mittelalterliches festzustellen, und kann es nur dem Umstand zuschreiben, daß Virginia in einem Ihrer Londoner Vororte geboren wurde, kurz nachdem Mistress Otis von einer Reise nach Athen zurückgekehrt war.«

Lord Canterville hörte sich die Rede des ehrenwerten Gesandten ganz ernst an, wobei er hin und wieder an seinem grauen Schnurrbart zupfte, um ein unwillkürliches Lächeln zu verbergen, und als Mr. Otis geendet hatte, schüttelte er ihm herzlich die Hand und erwiderte: »Mein lieber Mister Otis, Ihre reizende kleine Tochter hat meinem unglücklichen Vorfahren, Sir Simon, einen höchst bedeutenden Dienst erwiesen, und ich und meine Familie sind ihr für ihren erstaunlichen Mut und ihre Unerschrockenheit zu großem Dank verpflichtet. Der Schmuck gehört zweifellos ihr, und wahrhaftig, ich glaube, wenn ich so herzlos wäre, ihn ihr zu nehmen, würde der böse alte Gesell binnen vierzehn Tage aus seinem Grab steigen und mir das Leben verteufelt sauer machen. Was den Begriff Erbstück betrifft, so ist nichts ein Erbstück, was nicht als solches in einem Testament oder Aktenstück aufgeführt ist, und das Vorhandensein dieses Schmucks war völlig unbekannt. Ich versichere Ihnen, daß ich nicht größeren Anspruch auf ihn habe als Ihr Butler, und ich möchte behaupten, wenn Miss Virginia heranwächst, wird sie sich

forget, Mr. Otis, that you took the furniture and the ghost at a valuation, and anything that belonged to the ghost passed at once into your possession, as, whatever activity Sir Simon may have shown in the corridor at night, in point of law he was really dead, and you acquired his property by purchase.«

Mr. Otis was a good deal distressed at Lord Canterville's refusal, and begged him to reconsider his decision, but the good-natured peer was quite firm, and finally induced the Minister to allow his daughter to retain the present the ghost had given her, and when, in the spring of 1890, the young Duchess of Cheshire was presented at the Queen's first drawing-room on the occasion of her marriage, her jewels were the universal theme of admiration. For Virginia received the coronet, which is the reward of all good little American girls, and was married to her boy-lover as soon as he came of age. They were both so charming, and they loved each other so much, that every one was delighted at the match, except the old Marchioness of Dumbleton, who had tried to catch the Duke for one of her seven unmarried daughters, and had given no less than three expensive dinner-parties for that purpose, and, strange to

freuen, so hübsche Dinge tragen zu können. Außerdem vergessen Sie, Mister Otis, daß Sie die Einrichtung und das Gespenst zum Taxpreis übernahmen, und somit ging alles, was dem Gespenst gehörte, in Ihren Besitz über; denn welche Tätigkeit Sir Simon auch nachts im Korridor entwickelte, vom gesetzlichen Standpunkt aus war er einwandfrei tot, und Sie haben sein Eigentum durch Kauf erworben.«

Mr. Otis war recht bekümmert über Lord Cantervilles Weigerung und bat ihn, sich seinen Entschluß noch einmal zu überlegen, aber der gutmütige Lord blieb standhaft und bekam den Gesandten schließlich soweit, daß er seiner Tochter erlaubte, das von dem Gespenst erhaltene Geschenk zu behalten, und als im Frühjahr 1890 die junge Herzogin von Cheshire anlässlich ihrer Vermählung beim ersten großen Empfang der Königin vorgestellt wurde, war ihr Schmuck allerseits Gegenstand der Bewunderung. Denn Virginia erhielt die Adelskrone, die Belohnung aller tugendhaften kleinen Amerikanerinnen, und heiratete ihren jugendlichen Verehrer, sobald er mündig geworden war. Sie waren beide so reizend und liebten einander so sehr, daß sich alle über die Heirat freuten, ausgenommen die alte Marquise von Dumbleton, die versucht hatte, den Herzog für eine ihrer sieben unverheirateten Töchter zu angeln, und deswegen nicht weniger als drei kostspielige Festessen gegeben hatte, und ausgenommen,

say, Mr. Otis himself. Mr. Otis was extremely fond of the young Duke personally, but, theoretically, he objected to titles, and, to use his own words, »was not without apprehension lest, amid the enervating influences of a pleasure-loving aristocracy, the true principles of republican simplicity should be forgotten.« His objections, however, were completely overruled, and I believe that when he walked up the aisle of St. George's, Hanover Square, with his daughter leaning on his arm, there was not a prouder man in the whole length and breadth of England.

The Duke and Duchess, after the honeymoon was over, went down to Canterville Chase, and on the day after their arrival they walked over in the afternoon to the lonely churchyard by the pine-woods. There had been a great deal of difficulty at first about the inscription on Sir Simon's tombstone, but finally it had been decided to engrave on it simply the initials of the old gentleman's name, and the verse from the library window. The Duchess had brought with her some lovely roses, which she strewed upon the grave, and after they had stood by it for some time they strolled into the ruined chancel of the old abbey. There the Duchess sat down on a fallen pillar, while her husband

wie seltsam es auch klingt, Mr. Otis. Mr. Otis mochte den jungen Herzog persönlich überaus gern, theoretisch war er jedoch gegen Titel und, um seine eigenen Worte zu gebrauchen, »nicht ohne Besorgnis, daß unter den entnervenden Einflüssen einer vergnügungssüchtigen Aristokratie die wahren Grundsätze republikanischer Einfachheit vergessen würden«. Aber seine Einwände wurden als unhaltbar verworfen, und ich glaube, als er, seine Tochter am Arm, durch das Seitenschiff der Sankt-Georgs-Kirche, Hanover Square, schritt, gab es in ganz England weit und breit keinen stolzeren Mann.

Als die Flitterwochen vorüber waren, begaben sich der Herzog und die Herzogin nach Canterville Chase und gingen am Nachmittag des zweiten Tages zu dem einsamen Friedhof hinter den Fichtenwäldern. Die Inschrift für Sir Simons Grabstein hatte zuerst großes Kopfzerbrechen bereitet, doch am Ende war man zu dem Entschluß gekommen, nur die Initialen des alten Herrn und die Verse vom Fenster der Bibliothek gravieren zu lassen. Die Herzogin hatte wunderschöne Rosen mitgebracht, die sie auf das Grab streute, und nachdem sie eine Weile davor gestanden hatten, schlenderten sie zu dem verfallenen Chor der alten Abtei. Dort setzte sich die Herzogin auf eine umgestürzte Säule, und ihr Gatte legte sich zu ihren Füßen nieder, rauchte eine Zigarette und blickte zu ihren schönen Augen

lay at her feet smoking a cigarette and looking up at her beautiful eyes. Suddenly he threw his cigarette away, took hold of her hand, and said to her, »Virginia, a wife should have no secrets from her husband.«

»Dear Cecil! I have no secrets from you.«

»Yes, you have,« he answered, smiling, »you have never told me what happened to you when you were locked up with the ghost.«

»I have never told any one, Cecil,« said Virginia, gravely.

»I know that, but you might tell me.«

»Please don't ask me, Cecil, I cannot tell you. Poor Sir Simon! I owe him a great deal. Yes, don't laugh, Cecil, I really do. He made me see what Life is, and what Death signifies, and why Love is stronger than both.«

The Duke rose and kissed his wife lovingly.

»You can have your secret as long as I have your heart,« he murmured.

»You have always had that, Cecil.«

»And you will tell our children some day, won't you?«

Virginia blushed.

auf. Plötzlich warf er die Zigarette fort, ergriff ihre Hand und sagte: »Virginia, eine Frau sollte vor ihrem Mann keine Geheimnisse haben.«

»Lieber Cecil! Ich habe keine Geheimnisse vor dir.«

»Doch«, antwortete er lächelnd, »du hast mir nie erzählt, was dir begegnete, als du mit dem Gespenst eingeschlossen warst.«

»Das habe ich niemandem erzählt, Cecil«, sagte Virginia ernst.

»Ich weiß, aber mir könntest du es sagen.«

»Verlang es bitte nicht von mir, Cecil, ich kann es dir nicht sagen. Der arme Sir Simon! Ich verdanke ihm so viel. Ja, lach nicht, Cecil, es ist wirklich so. Er hat mich erkennen lassen, was das Leben ist und was der Tod bedeutet und warum die Liebe stärker ist als beide.«

Der Herzog stand auf und küßte liebevoll seine Frau.

»Du kannst dein Geheimnis so lange behalten, wie mir dein Herz gehört«, sagte er leise.

»Das hat dir schon immer gehört, Cecil.«

»Und eines Tages wirst du's unseren Kindern erzählen, nicht wahr?«

Virginia errötete.

Frances Hodgson Burnett
Little Lord Fauntleroy
Der kleine Lord

352 Seiten, gebunden
ISBN: 978-3-86820-041-6
Jetzt nur **€ 6,95** | sFr. 12,80
Zweisprachige Sonderausgabe

Klassiker der Kinderliteratur

Der siebenjährige Cedric Errol lebt mit seiner verwitweten Mutter in armen Verhältnissen in Amerika. Wegen seines sonnigen Wesens wird der kleine Junge von allen Menschen geliebt. Eines Tages ändert sich Cedrics Leben jedoch von Grund auf: Sein Großvater, Graf Dorincourt, möchte seinen Enkel zu sich nach England holen und dort standesgemäß erziehen lassen.

Schweren Herzens bricht die Mutter mit Cedric, der nun ein kleiner Lord werden soll, nach England auf. Auf dem Schloß erwartet den Jungen ein griesgrämiger und hartherziger Großvater, der den Ankömmlingen nur Mißtrauen entgegenbringt. Doch der kleine Cedric geht völlig unbefangen auf seinen Großvater zu.

www.nikol-verlag.de

NIKOL VERLAG

Mark Twain
The Awful German Language
Die schreckliche
deutsche Sprache

96 Seiten, gebunden
ISBN: 978-3-86820-039-3
Jetzt nur **€ 4,95** | sFr. 9,00
Zweisprachige Sonderausgabe

Klassiker der Literatur

Vielen der Eigenheiten, die den Gestaltungs- und Differenzierungsreichtum unserer Muttersprache prägen – Genus, relativ freie Wortstellung, vielfältige Möglichkeiten der Wortbildung und spannungsreiche Parenthesen etwa –, stehen Ausländer oft fassungslos gegenüber. Noch immer ist Mark Twains Klage über die »schreckliche deutsche Sprache« das wohl amüsanteste Beispiel für das – eher vergebliche – Bemühen, der Tücken des Deutschen Herr zu werden.

www.nikol-verlag.de

NIKOL
VERLAG

Adolph Freiherr Knigge
Über den Umgang mit Menschen

368 Seiten, gebunden
ISBN: 978-3-86820-032-4
Jetzt nur **€ 6,95** | sFr. 12,80

Der Klassiker der Lebensratgeber

Der »Knigge« ist auch heute noch ein hochinteressanter Meilenstein über die praktische Kunst des Umgangs mit Menschen.

Erschienen 1788 – im gleichen Jahr wie Kants »Kritik der praktischen Vernunft« – befasst sich Knigge mit der Durchsetzung von Moral und gibt überzeugende und vor allem praktikable Antworten auf die Fragen menschlichen Zusammenlebens.

»Die Kunst des Umgangs mit Menschen besteht darin, sich bemerken, geltend und geachtet zu machen, ohne beneidet zu werden.«
Adolph Freiherr Knigge

www.nikol-verlag.de

NIKOL VERLAG

Wallace D. Wattles
Die Wissenschaft des Reichwerdens
112 Seiten, gebunden
ISBN: 978-3-86820-034-8
Jetzt nur **€ 4,95** | sFr. 9,00

Der Weg zu Reichtum und Wohlstand

Wattles zeigt klar und verständlich die Gesetzmäßigkeiten auf, die zu finanziellem Erfolg und Wohlstand führen.

»Dieses Buch ist pragmatisch, nicht philosophisch. Es ist eine praktische Anleitung, keine theoretische Abhandlung. Es ist für diejenigen gedacht, die erst reich werden und dann darüber philosophieren wollen.«

Wallace D. Wattles

»Es ist ein Naturgesetz, dass gleiche Ursachen immer gleiche Wirkungen hervorrufen. Deswegen wird jeder Mensch, der lernt, Dinge auf die richtige Weise zu tun, unweigerlich reich werden.«

Wallace D. Wattles

www.nikol-verlag.de

NIKOL VERLAG

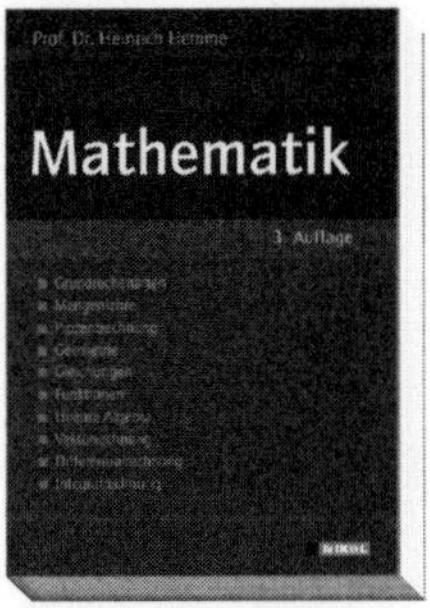

Prof. Dr. Heinrich Hemme
Mathematik

3. Auflage, 352 Seiten,
hochwertige Klappenbroschur
ISBN: 978-3-86820-023-2
Jetzt nur **€ 4,95** | sFr. 9,00

Basiswissen verständlich

Ob für den Mathematikunterricht in der Schule, fürs Abitur oder für die Anfänge der höheren Mathematik im Studium: Dieses kompetente Handbuch mit vielen Beispielen und Abbildungen hilft allen, die Mathematik systematisch lernen und besser verstehen wollen - als Nachschlagewerk oder als Lehrbuch für ein erfolgreiches Selbststudium.

- Alle Grundrechenarten und höheren Rechenarten
- Zahlen, Mengen, Gleichungen
- Geometrie, Trigonometrie und Vektorrrechnung
- Algebra, Differential- und Integralrechnung
- Wahrscheinlichkeitsrechnung und Statistik

www.nikol-verlag.de

NIKOL VERLAG

Charles F. Haanel
The Master Key System
288 Seiten, gebunden
ISBN: 978-3-86820-031-7
Jetzt nur **€ 6,95** | sFr. 12,80

Der Schlüssel zum Erfolg

Der Master Key basiert auf der rein wissenschaftlichen Wahrheit. Er wird die Möglichkeiten, die in jedem Einzelnen schlummern, entfalten und zeigen, wie sie wirksam umgesetzt werden können, um seine persönlichen Fähigkeiten zu fördern und Energie, Scharfsinn, Vitalität und geistige Flexibilität zu steigern. Der Lernende, der die mentalen Gesetzmäßigkeiten begreift, die hier aufgezeigt werden, wird die Fähigkeit erlangen, Ergebnisse zu erzielen, die er nie für möglich gehalten hätte und deren Lohn sich kaum beschreiben lässt.

»Sie brauchen als Erstes das Wissen über Ihre Macht, als Zweites den Mut, es zu wagen, als Drittes den Glauben, um es zu tun.«
Charles F. Haanel

www.nikol-verlag.de

NIKOL VERLAG